读客悬疑文库

认准读客读悬疑，本本都是大师级。

500个目击者

绝对不在场证明2

[日] 大山诚一郎 著　　曹逸冰 译

時計屋探偵の冒険
アリバイ崩し承ります2
大山誠一郎

北京日报出版社

图书在版编目（CIP）数据

500 个目击者：绝对不在场证明 . 2 / (日) 大山诚
一郎著；曹逸冰译 . -- 北京：北京日报出版社，
2022.12

ISBN 978-7-5477-4398-0

Ⅰ . ① 5… Ⅱ . ① 大… ② 曹… Ⅲ . ① 推理小说 – 小说
集 – 日本 – 现代 Ⅳ . ① I313.45

中国版本图书馆 CIP 数据核字 (2022) 第 173547 号

TOKEIYATANTEI NO BOKEN ALIBI KUZUSHI UKETAMAWARIMASU 2 by Seiichiro Oyama
Copyright © 2022 by Seiichiro Oyama
All rights reserved.
Original Japanese edition published by Jitsugyo no Nihon Sha, Ltd.
This Simplified Chinese edition is published by arrangement with Jitsugyo no Nihon Sha,
Ltd., Tokyo
in care of Tuttle-Mori Agency, Inc., Tokyo.
Simplified Chinese translation copyright © 2022 by Dook Media Group Limited

中文版权：© 2022 读客文化股份有限公司
经授权，读客文化股份有限公司拥有本书的中文（简体）版权
图字：01-2022-6125

500个目击者：绝对不在场证明2

作　　者：［日］大山诚一郎
译　　者：曹逸冰
责任编辑：王　莹
特约编辑：张　齐　　王　品
封面设计：李子琪
出版发行：北京日报出版社
地　　址：北京市东城区东单三条8-16号东方广场东配楼四层
邮　　编：100005
电　　话：发行部：（010）65255876
　　　　　总编室：（010）65252135
印　　刷：三河市龙大印装有限公司
经　　销：各地新华书店
版　　次：2022年12月第1版
　　　　　2022年12月第1次印刷
开　　本：890毫米×1270毫米　1/32
印　　张：7
字　　数：136千字
定　　价：42.00元

中国の読者の皆様へ
時計の修理は、
美谷時計店でどうぞ。
アリバイ崩しも、
美谷時計店でどうぞ。
　　大山誠一郎

致各位中国读者

修理钟表，请来美谷钟表店。

破解不在场证明，也请来美谷钟表店。

——大山诚一郎

目录

第一话 豪车沉湖之谜

沈める車のアリバイ

1

难得放一天假，我决定去一趟"鲤川商店街"。

时值五月，天气晴好。从自家公寓出发，穿过鲤川站的跨线桥，便是车站东口。看到携家带口出远门的游人，我才想起眼下是黄金周。只可惜，我与长假搭不上一点儿关系。

东口设有小巧玲珑的公交车站和出租车上客点。我抬脚迈进了信用合作社和小钢珠店之间的商店街入口。

各种商店在拱顶下鳞次栉比。不一会儿，夹在照相馆和肉铺中间的小店映入眼帘。门面大概一间[1]半宽，木制外墙看着很有年头。门上挂着"美谷钟表店"字样的招牌。

推门进屋，丁零零的钟声扑面而来。

背对着我坐在柜台后面忙活的人转身回头。只见她二十五六岁的模样，身材娇小，肤色白皙，留着波波头，一双圆溜溜的大眼睛，小巧的鼻子和丰满的脸颊……浑身上下散发出的气场直教人联想到小白兔。

---

[1]　1间约等于2.8米。——译者注（本书中注释如无特别说明，均为译者注。）

"哎呀，欢迎光临。"

店主美谷时乃莞尔一笑。

"我又来委托你推翻不在场证明了……"

我尴尬地说道。

我在那野县警局搜查一课工作，同事们都觉得我（只）擅长推翻不在场证明。因为去年四月调岗之后，我在侦办凶案的过程中推翻了不少看似牢不可摧的不在场证明。但我靠的不是自己的本事，而是借用（更准确地说是"购买"）了他人的智慧。这个"他人"，就是眼前身材娇小的店主。"美谷钟表店"恐怕是全日本唯一提供"推翻不在场证明"服务的钟表店了。每次收费五千日元，事成付款。

为什么一家钟表店还有"代客推翻不在场证明"这样的业务？店主给我的理由是……

主张自己有不在场证明的人都会说"我几点几分在哪个地方"。也就是说，钟表成了主张的依据。

既然如此，那么钟表匠不就应该是最擅长解决不在场证明问题的人吗？

理由是牵强了些，但她推翻不在场证明的本事还真不是吹的。哪怕是警方都束手无策的绝对不在场证明，她都能轻易破解。而我需要做的，不过是叙述一下案情。

上一次见时乃还是四月初。当时委托她推翻不在场证明的案子圆满结案了，所以我去店里找她报喜。那天刚巧是她爷爷的忌日，于是我便跟她一起去扫了墓。回程还去咖啡馆坐了坐，享用了红茶蛋糕套餐。

时乃的爷爷是"美谷钟表店"的前任店主，也是"代客推翻不在场证明"业务的创始人。正是他将钟表维修技术和推翻不在场证明的本领手把手传授给了时乃。

时乃小时候总缠着爷爷教她破解不在场证明。爷爷拗不过她，便干脆悉心栽培，先出些简单的题让她练手，然后慢慢提升难度……在咖啡馆喝茶的时候，时乃眉开眼笑地与我分享了不少儿时的回忆。

那时我便意识到，自己已被她深深吸引。

所以这次上门委托她推翻不在场证明，我的心情很是复杂。堂堂搜查一课刑警委托普通人解谜，实在是丢人得很（而且还违反了保密条例），但调查陷入僵局也是不争的事实，不该死要面子，影响大局。另外，我虽然不愿意在心上人面前暴露自己的无能，但又想看她在推翻不在场证明时神采奕奕的一面。

她是怎么看我的呢？我也不是没想过鼓起勇气问上一问，却害怕她直接给我一句："您呀，明明是搜查一课的探员，却推翻不了嫌疑人的不在场证明，于是每次付五千日元，委托我代为推翻，看着不太聪明的样子。"唉……即使她心里真这么想，应该也不会说出来的，可我要是真开口问了，日后难免尴尬，所以我还是把问题咽回了肚子里。

时乃接受了我的委托，微笑着说"多谢惠顾"，然后跟往常一样为我泡了一杯浓香扑鼻的绿茶。我在店里的古董沙发上落座，时乃则坐在柜台后的椅子上。每次破解不在场证明，她都会坐在那里。

"这起案件的行凶手法比较残忍。所以我有点儿犹豫，不知该不该跟你说……"

"您尽管说好了，什么样的行凶方法都吓不到我的。"

时乃笑容可掬。

"凶手把被害者连人带车沉进湖里淹死了……"

"那完全没问题呀。"

"哦……那我就往下说了。"

我喝了一口绿茶润喉，开始叙述案情。

2

大湖横亘在眼前，湖面在春日暖阳下熠熠生辉。湖的周边几乎都是陡峭的山腰，山上绿意浓密。万里无云的蓝天与生机勃勃的青山对比鲜明。

湖的左侧被一堵横向的巨型混凝土墙挡住，那便是所谓的堤体。堤体的另一边是高度直降数十米的陡坡。正是这座巨大的混凝土建筑拦住了大量的水。

它就是久院大坝，坐落于那野县北部舞黑市久院町的山区。面前的湖泊就是被大坝拦住的河水汇聚而成的。

4月5日上午11时许。县警局搜查一课第二强行犯系[1]搜查四组的成员刚走下警车，就不约而同地伸起了懒腰，舒展僵硬的四肢。毕竟从那野市的县警局本部开过来，花了足足一个半小时。

一辆湿透的白色轿车停在两车道公路的路肩边上。那是一辆进口车，前格栅的形状很像字母W，特征明显。它应该是刚从大坝湖里捞出来的，负责打捞的吊车却不知所终，大概已经开回去了。

管辖该片区的舞黑署警员走了过来。

"大老远的，辛苦各位了。"

"你们也辛苦了，"搜查四组组长牧村警部[2]说道，"我还是第一次来久院大坝，倒是个清净的好地方。"

"别说您了，我们管这片儿的都是头一回来。毕竟这地方在深山里，要不是成了案发现场，搞不好一辈子都来不了一趟呢。"

今早9点多，久院大坝管理事务所接到了一通电话。听声音，像是个男人打来的。对方称，有辆车沉在了大坝湖的左岸附近。说完便挂了电话，都没有表明身份。工作人员自是半信半疑，但还是

---

[1] 强行犯系是隶属日本警视厅刑事搜查课的部门，具体负责侦办强盗、杀人、绑架等重大案件。

[2] 日本警察阶级之一，位于警视之下，警部补之上，相当于中国的警督。

开公车赶去查看。

湖的左岸有一条两车道的公路，距离湖面三米到十米不等。公路与湖面之间是一片泥地陡坡。公路在靠近湖的一侧设了护栏，但并非连续不断，中间有几处缺口。这是为了方便开车过来的人卸下小船，运去湖边。其中一处缺口外的坡面上留有轮胎印。工作人员抬头望去，只见一辆白车沉在前方的湖水之中。

接到工作人员的报警电话后，舞黑署的警官立刻赶到。为了打捞沉湖的车，他们还带上了舞黑消防署的吊车。

打捞起来一看，一名半老男子死在了驾驶座上，身上还系着安全带。两侧车窗都开着。警方起初认为这是一起自杀事件。打开两侧车窗大概是为了让水迅速灌入车内，加快下沉速度。

然而，一位在交通课待过的警官发现了疑点：那辆车挂了空挡。空挡是变速箱与发动机完全分离的状态，所以无论发动机怎么转，车都不会动一下。在这种情况下，人是不可能开车冲进大坝湖的。

挂了空挡的车本该静止不动，却一头栽进了大坝湖……唯一说得通的解释，就是有人把车推进了湖里。换句话说，这不可能是自杀，所以片区才请来了县警局搜查一课。

"死者还在车上？"牧村警部问道。

"对。"

"那就先去行个礼。"

在牧村警部的带领下，四组的所有人走向停在路肩的那辆白车。

系着安全带毙命的半老死者坐在驾驶座上。六十五六岁的模样，中等身材。五官都生得很大，给人一种强势的印象。死者上身穿着格纹长袖衬衫加马甲，下身搭配灯芯绒长裤，全身湿透。

与四组一起赶来的县警局本部鉴证人员立刻展开调查。隶属鉴证课的验尸官着手检验尸体。

"确认身份没有？"

"我们在他裤兜里发现了钱包，里面有信用卡，持卡人叫藤村孝藏。信用卡公司反馈回来的信息显示，藤村孝藏今年六十六岁，家住那野市巴町五丁目三号。我们打过他家的座机，但转到了语音信箱。"

"那车主呢？"

"已经把车牌号发给关东运输局核实过了，车主也是藤村孝藏。"

"这前格栅的形状还挺特别的，是进口车吗？"

牧村警部看着形似字母W的前格栅问道。

"据说这是辆意大利豪车，牌子叫什么'Indictio'，没一千万日元搞不定。我们部门有个特别懂车的弟兄，所以……"

"意大利进口的千万豪车？被害者很有钱吗？说不定作案动机就跟他的身家有关。"

我环顾四周。白车边上的护栏有一处两米多宽的缺口，而缺口与湖面之间的斜坡表面有两条轮胎印。看来车就是从这里滑下去的。

牧村警部问验尸官：

"能确定死因吗？"

"还不敢百分之百确定，但十有八九是溺死的，因为被害者口鼻处有泡沫，而且没有外伤。死亡时间应该是昨天下午到晚上。"

"溺死的啊……也就是说，凶手把活着的被害者塞进驾驶座，用安全带固定住，再把车推进湖里，把人活活淹死了。照理说，被害者是不可能老老实实坐在驾驶座上的，所以凶手大概是用安眠药或别的法子让被害者睡着了。"

下乡巡查部部长如此说道。

"考虑到还得回去，凶手肯定另外开了一辆车。就是不清楚两辆车是一起来的，还是被害者和凶手提前约好了在这里碰头，行凶后，凶手就开着自己那辆车回去了……"

"被害者和凶手来这种地方干什么呢？"

舞黑属的警官回答：

"会不会是来钓鱼的啊？因为后备厢里有钓鱼用的装备。"

"这里钓得到鱼？"

"我听说是有黑鲈的。"

"有被害者钓过鱼的痕迹吗？"

“鱼线缠得好好的，假饵、钓坠和鱼钩都收在工具箱里，应该是没钓过。钓完以后打扫过战场的可能性也不是完全没有，可要真是这样，收拾得也未免太干净了。”

“看来凶手一到这里就立刻动手了，八成是用‘一起钓鱼’之类的借口把被害者约了出来，”说到这儿，牧村警部好像突然想起了什么，“大坝附近肯定装了监控，说不定能拍到凶手。”

舞黑属的警官却沮丧地摇了摇头。

“我们也想到了，还找管理事务所的工作人员问了问，可他们说大坝的监控都集中在堤体和水闸附近，周边的普通公路上一部都没有，因为根本用不上。”

“哦……但凶手跟被害者有可能在大坝周边走动过，还是调监控看一看吧……下乡，麻烦你跑一趟管理事务所，把新来的也带上。”

其实我调进搜查一课都一年了，但终究是组里资历最浅的，所以警部还是管我叫“新来的”。

在舞黑属同事的引导下，下乡巡查部长[1]和我沿着公路向大坝下游走去。公路贴着山脚，蜿蜒曲折。大约十分钟后，我们就到达了大坝的堤体。管理事务所位于堤体左岸，是一栋两层高的小楼，前方有一个停车场，停放着公车与工作人员的私家车。回头望去，

---

[1]　日本警察阶级之一，但巡查部长仅为阶级名称，日本警界内部并无巡查部。

案发现场被山麓挡在后头，看不分明。管理事务所这边的目击证词怕是指望不上了。

事务所的所长接待了我们。他看起来年近五十，皮肤晒得黝黑。得知大坝湖成了案发现场，他的表情有点儿僵硬。

"您昨天有没有在大坝湖周围看到可疑的车辆或行人？"

"没有。所里的同事我也问过了，都说没见过。"

"这边是全天都有人值班吗？"

"不是的，只有上午9点到下午5点有人，值班人员到点就下班回家了。"

"不是一直有人啊？"

"嗯，除非出现需要防汛防台的特殊情况。因为我们在堤体和水闸周边安装了许多摄像头和传感器，可以远程监控，能够及时发现异常。"

"一旦出现意外情况，工作人员就会立即赶到吗？"

"是的。传感器读数一旦超过阈值，就会自动发送通知到工作人员的智能手机上，而且我们也可以随时通过手机查看监控画面。我在家的时候也惦记着大坝的情况，时不时打开监控画面看一看，家里人都拿我没辙呢。不过山区的天气是比较多变的，山下放晴、山上下雨也是常有的事。下雨的时候，大坝湖的水位很容易出现波动，所以需要格外小心。好比昨晚吧，8点多突然下起了大雨，把我吓出了一身冷汗，幸好雨只下了一个多小时就停了。看到雨停了，我也就放心了。"

所长说得激情昂扬，一看便知他是真心热爱大坝。

下乡巡查部长问，能否让我们看一下监控录像。于是所长带我们去了监控室。十台屏幕一字排开，显示出堤体与水闸的实时监控画面。可惜大坝湖左岸的那条公路并不在画面之中。

"没有公路的监控录像啊……"

"对，因为用不着。"

"那您昨晚用手机查看监控的时候，有没有看到形迹可疑的人出现在堤体周边？"

所长摇头说道："我一个人都没看见。"我们拷贝了监控录像，准备带回搜查总部仔细查看，不过通过录像锁定凶手的希望恐怕非常渺茫。

3

下午不到2点，调查组离开案发现场，前往位于那野市巴町的藤村孝藏家。两点之间的车程正好是一小时。

藤村家是一栋漂亮的双层小楼。楼房旁边有一间带屋顶的车库。当然，此刻的车库空空如也。

屋里亮着灯，好像有人。难道是凶手闯进了被害者家，企图窃取财物？

牧村警部派人守在窗外，以防屋里的人翻窗逃跑，然后按响了玄关的对讲机。

"来了，这就给您开门。"

中年妇女的声音传来，听着不像是凶手。是不是被害者的妻子啊？

玄关门开了，一个五十来岁、身材微胖的女人迎了出来。门口停着的好几辆警车似乎把她吓得不轻。

牧村警部出示证件，同时说道：

"我们是县警局搜查一课的。请问您是藤村太太吗？"

对方连忙摆手回答：

"不不不，我是家政阿姨。嗯……藤村先生出什么事了？"

牧村警部告诉她，藤村孝藏死在了久院大坝。家政阿姨顿时面无血色。

"……我今天来的时候，发现藤村先生不在家，就觉得有点儿奇怪。车也不在车库里。我心想他大概是出门了，可遇到这种情况，他一般都会提前告诉我一声的，哪怕突然有事要出去，也会在起居室的桌子上给我留张便笺，可今天什么都没有……"

"您有他家的钥匙？"

"对，藤村先生不在家的时候，我也可以进来收拾打扫。"

家政阿姨说她叫水田早苗，是家政协会派来藤村家的，每周

一、四来打扫卫生、准备晚饭。

"藤村先生成家没有？"牧村警部问道。

水田早苗回答："没有。"

"也就是说，他是一个人住在这栋房子里？"

"是的。不过他虽然没成家，但有个侄子。"

据说他的侄子名叫藤村裕树，是一名税务师。听水田早苗的口气，她对此人没什么好感。

我们搜查了每个房间，但没有什么有价值的收获。下一步就是走访左邻右舍，收集目击证词，我和下乡巡查部长分到了一组。

藤村家位于住宅区的僻静角落，紧挨着一条小河，右手边就是一座桥，所以只有左边和后面住着邻居。马路对面则是一家二手精品店，看着像住宅底楼改造的。我们决定去那家店打听打听。

店面约莫二十张榻榻米大，各种衣物琳琅满目。我们请收银台前的女服务员把店长叫来。四十岁上下的店长温文尔雅。听说住自家对面的人在大坝湖遇害，他顿时瞠目结舌。

下乡巡查部长问他，昨天有没有看到可疑人物进出藤村家，有没有看到藤村孝藏出门。

然而店长摇头道："不好意思啊，我完全没关注对面那户人家……而且我们下午5点就打烊了，晚上的事情实在是不清楚啊……"

我环顾店内，发现远处的天花板边上装有防盗监控。

"店里装了监控？"

"嗯，之前有人跑来店里，用剃刀偷偷划破店里的衣服，到头来也没查出是谁干的。这可把我气坏了。所以我装了监控，万一再有人来搞破坏，就不怕逮不住了。"

突然间，我的脑海中灵光一闪。那台监控对着门口，门外是马路，再过去一点儿就是藤村家的车库了。

"您有没有看过监控录像？"

"当然看过，每天都会检查一下的。"

"监控能不能拍到藤村家的车库？"

"……这么说起来，确实能拍到。"

我一下兴奋起来。下乡巡查部长也猜到了我的用意，那眼神仿佛在说："干得漂亮！"

"不好意思，可否让我们看一下昨天的录像？"

"可以是可以……"

说着，店长将我们带到了里屋。

桌上的液晶屏幕中显示出监控画面，藤村家的车库果然也在画面之中。画质很好，可以看清车库里有没有车。可惜藤村家的玄关在车库左侧五米远的地方，所以监控拍不到。画面右下角有"04/05/2018 15:38"字样的时间戳，意为"2018年4月5日15点38分"。

"从昨天几点的地方看起？"店长问道。

我看了看下乡巡查部长。

"那就先倒到正午吧。"巡查部长说道。

店长按了几个按钮，画面右下角的时间戳变成了"04/04/2018 12:00"。那辆白色的"Indictio"还好端端停在藤村家的车库里。这辆车的前格栅辨识度极高，我们断然不会认错。

"麻烦快进一下。"

画面右下角的时间戳开始飞速跳动。顾客和服务员在店里"匆忙"走动，店门口也有人进进出出。但"Indictio"一直都停在车库里。眼看着屏幕上时间戳变成了"17:00"，精品店到点打烊，店主放下了卷帘门。卷帘门一旦放到底，就看不到藤村家的车库了。

监控录像告诉我们，至少在下午5点之前，藤村孝藏的车一直都停在车库里。"被害者开车前往久院大坝"这件事显然发生在下午5点之后。

4

当天晚上，第一次搜查会议在舞黑署举行。毕竟是第一次碰头，搜查一课的课长与舞黑署署长也到场了。会议由牧村警部主持。

首先是被害者的基本情况：

"藤村孝藏，六十六岁，开过一家中等规模的劳务派遣公司，但一年前把公司转让给了行业巨头，过上了退休生活。"

其次是新鲜出炉的法医解剖结果：

据推测，死亡时间是昨天（4月4日）下午5点至7点。死因也确实是溺水。被害者肺部充满了泡沫状的水。这种泡沫是呼吸造成的，是溺死的一大特征。警方在死者肺部积水中发现了硅藻和绿藻。换言之，那些水出自久院大坝。由于长期储水，大坝湖容易发生水体富营养化，而这有利于硅藻、绿藻等浮游植物的生长繁殖。

此外，警方还在被害者的胃里检测出了安眠药的成分。这为"凶手将陷入昏睡状态的被害者塞进驾驶座"这一假设提供了佐证。

第三项汇报与用作凶器的车和遗留在案发现场周边的物品有关。内容非常简单：没有找到任何有助于锁定凶手的证物。

接着，我就藤村家对面的二手精品店拍摄的监控录像进行了汇报。我觉得自己说话没分量，本想请下乡巡查部长汇报，他却说"这是你发现的线索，你自个儿汇报就是了"，教我心头一暖。

我还是第一次在有大领导出席的搜查会议上做汇报，紧张得两腿直发颤。

"下午5点前的监控录像都清楚地拍到了藤村家车库里的车。这意味着藤村孝藏在5点之前都没有开车出门。从藤村家开到久院大坝大约需要一小时，所以我们可以大致确定，被害者抵达久院大坝的时间不会早于下午6点左右。"

搜查一课的课长问道：

"店长是否还记得，他离开商店的时候，藤村家的车库还有没有车停着？你们找他核实过没有？"

"核实过了，店长说他是下午5点50分走的，可惜不记得当时车库里还有没有车。"

"被害者开自己的车抵达久院大坝的时间不会早于下午6点左右。也就是说，凶案发生在下午6点以后。而法医解剖的结果显示，死亡时间的下限是下午7点。这就意味着行凶时间是下午6点到7点。各位可有异议？"

没有人提出反对意见。

"好，那就讨论一下是否存在有行凶动机的人吧。"

四组的前辈进行了汇报。

"被害者原本经营着一家劳务派遣公司，据说风评不太好，与派遣员工闹出过不少纠纷。作为公司老板，被害者本就相当富有，一年前又靠转让公司赚了一大笔钱。据粗略估算，他的遗产可能多达五亿日元。而这笔遗产的继承人是被害者唯一的亲人——侄子藤村裕树。"

课长说道：

"凶手能将被害者约去大坝湖，可见双方熟识的可能性很高。而他的侄子藤村裕树就符合这一条件。此人是眼下的头号嫌疑人，要围绕他展开后续侦查工作。"

5

第二天上午，下乡巡查部长和我去找藤村裕树了解情况。

去年4月被调去搜查一课之后，我遇到了好几起扑朔迷离的凶案，嫌疑人都握有牢不可摧的不在场证明。我每次都只能求助于"美谷钟表店"，请时乃帮忙破解，再把她的推理带回四组分享给前辈们。不知不觉中，大家对我的定位就成了"（只）擅长推翻不在场证明的人"。实际推理出真相的是店主时乃，所以我心里很是过意不去，总觉得自己抢了她的功劳，可要是让上头知道我把机密信息透露给了普通群众，我肯定会因为违反《日本地方公务员法》的保密条款被追究责任。所以我别无选择，只能假装那些推理都是自己想出来的。我之所以被委以重任，有幸与牧村警部的左膀右臂下乡巡查部长一起去找藤村裕树问话，搞不好就是因为这顶"不在场证明专业户"的虚假桂冠。

藤村裕树住在那野市切子町某公寓的三楼。房门口挂着一块牌子，上面印着"藤村裕树税务师事务所"。看来他把自己家用作了办公室。

藤村裕树看起来四十岁出头，是个颇有些少爷范儿的美男子。举手投足间带着几分怯懦，倒是容易勾起女人的某种母性本能。

"我们是县警局搜查一课的，正在调查藤村孝藏先生的案子，想找您了解一下情况。"

"我还有大伯的后事要忙，二位能不能长话短说？"

我略感不爽，下乡巡查部长倒是面不改色。

"百忙之中打扰了，实在抱歉。我们也就问几个简单的问题，问完就走。"

裕树叹了口气，把我们带到门口右手边的房间。看来他平时就是在这里接待客人的，屋里摆着桌椅。

"二位想问点儿什么？"

"我们想了解一下您前天下午到晚上都做了些什么。"

"警方不会是怀疑我害死了大伯吧？"

"我们也是按程序办事，每个人都得问上一问……"

"也难怪，毕竟大伯的遗产是留给我的，所以在警方看来，我是有行凶动机的吧。"

好冲的口气。也不知他是没干过亏心事，只是讨厌警察，还是胸有成竹，坚信自己绝不会被逮到。

"前天下午，我在这里接待客户，一直忙到4点多。客户走后，我又整理了一会儿文件，然后在5点半开车去了朋友家。"

"您的朋友叫什么？"

"秋山浩平。那天我跟几个大学社团的朋友约好了，一起去秋山家打麻将。"

"秋山先生住在哪里？"

"那野市的要町。"

我在脑海中勾勒出本县的地图。要町应该在那野市北部。顺便一提，要町与藤村孝藏家所在的巴町相邻。

"那您大概是几点到秋山家的？"

"下午6点不到吧。"

"车也停在朋友家了？"

"不，秋山家的车库停着他的车呢。他家附近有个收费停车场，我就把车停过去了。每次去秋山家做客，我都会把车停在那儿。然后我就跟三个朋友在秋山家里打起了麻将。"

"打到几点？"

"应该是晚上10点左右吧，警方可以找我的朋友们核实一下。"

"在此期间，您一直都在朋友家？"

"对啊，我们一直在打麻将。"

如果这段证词属实，藤村裕树就有了不在场证明。

"然后呢？"

"然后我就回家睡觉了。实话告诉你们吧，我们打麻将的时候喝了点儿酒。我喝醉了，所以直犯困。"

"您是开车回来的？"

裕树挠了挠头。

"是的……不好意思，这算酒驾吧？要罚款吗？"

"您没被抓现行，我们也不是交通课的，不会管那么多……那您是一觉睡到了第二天早上？"

"是啊，没错。"

✲

我们让藤村裕树提供了秋山浩平和另外两位朋友的姓名、住址，立刻前去核实他的不在场证明。

裕树上大学时加入了公路自行车俱乐部，案发当晚与他一起打麻将的三位男性朋友都是他在俱乐部认识的。朋友们都为裕树做了证，说他当天下午6点不到来了秋山浩平家，一直待到晚上10点左右。在此期间，裕树从没离开过朋友们的视线范围，除了离席上厕所的那几分钟。

朋友们的态度十分自然，完全没有撒谎的迹象。警方推测藤村孝藏死于下午6点到7点，这就意味着裕树的不在场证明站住了脚。

搜查总部决定将注意力转向其他嫌疑人。藤村孝藏之前经营的劳务派遣公司与派遣员工闹出过不少纠纷，也有可能是某位怀恨在心的员工杀害了孝藏。然而，警方对可疑员工进行了逐一调查，每个人都有不在场证明。

而且凶手以"钓鱼"为借口，把被害者引到久院大坝。这说明双方本就熟识。跟公司闹出过纠纷的员工不太可能与藤村孝藏保持如此亲密的关系。

"最可疑的还是被害者的侄子藤村裕树"。这样的共识在搜查总部逐渐形成。问题是，无论从哪个角度看，裕树的不在场证明都无懈可击。

6

听完我的叙述，坐在柜台后老地方的时乃嫣然一笑：

"我有一个问题——您说藤村裕树先生上大学的时候加入了公路自行车俱乐部。那是一种什么样的车啊？"

我掏出智能手机搜索了一下。

"就是比赛用的自行车，时速可以达到三十千米以上。虽然是比赛用的，但在普通公路上也可以骑。"

"可以用汽车搬运吗？"

"可以的。为了提高速度，公路自行车的重量只有普通自行车的一半到三分之一，而且拆装好像还挺方便的，很多爱好者都是开车拉着自行车到处跑。"

话音刚落，时乃便淡然说道：

"时针归位——藤村裕树的不在场证明已经土崩瓦解了。"

时乃推翻不在场证明的速度总是让我啧啧称奇。困扰搜查一课整整一个月的难题，就这么被她轻易破解了。

可她怎么就问起了公路自行车呢？藤村孝藏毙命的时候，裕树一直跟朋友们在一起，中途只离开了几分钟上厕所。别说是骑车了，哪怕是开四个轮子的车，也来不及赶到案发现场啊。

"听您描述案发现场的细节时，我就觉得不太对劲了。您说警方在孝藏先生的胃里检测出了安眠药的成分，可见他遇害时很可能处于昏睡状态。那凶手为什么还要使用'连人带车沉进大坝湖里'这样的行凶手法呢？"

"你觉得这不对劲？"

"嗯，"时乃点了点头，"在我看来，这是一种相当费事的行凶手法。虽然提前下了安眠药，不必担心孝藏先生挣扎抵抗，但凶手必须把车移到可以沉入大坝湖的位置，再把车推进湖里，整个过程需要费不少力气。凶手完全可以用更简单的方法让孝藏先生溺死。"

"什么方法？"

"凶手只需要趁孝藏先生昏迷不醒，把他的头按进湖里就行了。这样淹死一个人要轻松得多。"

"……对哦。"

"凶手很有可能以钓鱼为借口，把孝藏先生约到了大坝湖。那么把头按进湖里淹死他，不是更容易把整件事伪装成'钓鱼时意外身亡'吗？连人带车掉进湖里，可一点儿都不像钓鱼时会发生的事故。"

还真是……有道理。

"还有一点不太对劲。如果凶手是裕树先生，那么动机十有八九是为了遗产。他的大伯孝藏先生有一辆价值千万的意大利豪车，转手卖掉肯定也能赚不少钱。这辆车也是价值不菲的遗产之一。如果凶手是冲着遗产去的，照理说会避免用车行凶，不然就等于白白毁了这辆车。更合理的选择，应该是把孝藏先生的头按进湖里。"

"……"

"即便如此，凶手还是用了这辆车。我们当然也能根据这一点推导出这样的假设——'裕树想要大伯的遗产，肯定不会做这样的事情，所以他不是凶手'。但此次推理的前提是'凶手是裕树先生'，所以可以排除这种可能性。"

"排除以后呢？"

"综合上述情况，我们可以得出这样一个结论——凶手无论如何都需要把车沉进大坝湖里。"

"可他为什么需要把车沉进湖里呢？"

"起初我也想不明白。但我后来发现，'孝藏先生的车沉入大坝湖'这件事背后存在一个奇怪的矛盾。解决了这个矛盾，案件的真相就浮出了水面。"

"奇怪的矛盾？"

"您刚才说，警方勘查案发现场的时候，在公路与湖面之间的斜坡上发现了轮胎印？"

"对。"

"据警方推测，孝藏先生的死亡时间下限是晚上7点，这意味着汽车沉入大坝湖的时间也肯定在晚上7点之前。"

"嗯，没错。"

"那就说不通了——管理事务所的所长说，案发当晚8点左右，久院大坝下了一个多小时的大雨。那轮胎印不是很有可能被大雨冲得无影无踪吗？"

我顿时心头一凛。

"可斜坡上还是留下了轮胎印。这就说明，车是在雨停之后，也就是9点以后才沉入了大坝湖。"

"9点以后？怎么可能呢，都超过死亡时间的下限了！"

"嗯，是超过了。"

时乃笑嘻嘻地回答。

"那不就是不可能吗？"

"斜坡上留有轮胎印，说明车很有可能是9点之后才沉湖的，当时雨已经停了。而法医解剖的结果表明，孝藏先生死于7点之前。只有一种解释能同时满足这两个条件，那就是孝藏先生并非死于'连人带车沉入大坝湖'。"

我反应不及，听不明白她在说什么。

"可孝藏确实是溺水身亡的。"

"沉入大坝湖并不是溺死一个人的唯一方法。"

"可孝藏的肺里都是大坝湖的水。"

"只要把被害者的头按进提前打好备用的大坝湖水，使其溺死，被害者的肺里就会充满大坝湖的水。"

"啊……"

我终于恍然大悟。

"那就让我们从头梳理一下裕树先生的行凶过程吧——裕树先生提前几天用塑料瓶之类的工具打了一些大坝湖的水，放在自己家里备用。案发当天下午5点多，他前往大伯家，让孝藏先生喝下含有安眠药的饮料，使他陷入昏睡状态，然后把自己带来的大坝湖水倒进脸盆之类的容器里，把孝藏先生的头按进去，将他溺死。于是，孝藏先生的肺部就充满了大坝湖的水。具体的死亡时间无法确定，但大致是5点到6点。

"接着，裕树先生将尸体装进被害者那辆车的后备厢，直接开往好友秋山先生的住处。秋山家所在的要町紧挨着被害者家所在的巴町，所以要不了十分钟就开到了。裕树先生把车停在秋山家附近的收费停车场，开始跟三个朋友打麻将，从下午6点不到一直打到晚上10点，为自己制造了不在场证明。裕树先生认为，警方推测的死亡时间应该不会超过晚上10点，所以选择在10点告辞。警方实际估算的死亡时间下限是7点，但裕树先生毕竟不是法医学专家，所以他把死亡时间的范围设定得比较宽，以防万一。

　　"裕树先生在10点左右离开秋山家，然后走回收费停车场，开被害者的车前往久院大坝，抵达的时候大概已经11点多了。他把车停在护栏的缺口处，方便稍后推车沉湖。接着搬出后备厢里的尸体，让尸体坐在驾驶座上，用安全带固定好。再挂空挡，手动把车推进湖里。

　　"地面是湿的，所以裕树先生肯定知道之前下过雨，但他没有想到这场雨是晚上8点到9点下的，也没有想到斜坡上留有轮胎印会产生矛盾。这也难怪，毕竟在进行法医解剖之前，他也不知道警方推测的死亡时间下限是7点，自然也考虑不到轮胎印造成的矛盾。

　　"再总结一下这一系列的小动作是如何为裕树先生提供了不在场证明吧。据警方推测，孝藏先生死于下午5点至7点。另外有证据显示，孝藏先生的车直到下午5点都停在自家车库里。从他家开去大坝湖需要一个小时，因此车沉湖的时间不会早于下午6点。警方误以为孝藏先生是被灌进车里的湖水溺死的，换句话说就是死于'连人带车沉入湖中'，所以死亡时间的上限就成了6点，下限则是7点。行凶时间也因此被误判成了下午6点到7点。而裕树先生为自己制造了这一小时的不在场证明。当然，他无法准确预测警方估算的死亡时间下限，所以正如我之前所说，他为自己制造的不在场证明覆盖了相当长的一段时间。

"裕树先生早就知道二手精品店装了监控，意识到自己可以利用这台监控制造不在场证明。他想让警察确定，孝藏先生的车在某个时间之前一直停在车库里，却又不想让警方看到凶手在车库上车的瞬间——精品店是下午5点关门，所以装在店里的监控刚好可以满足上面这两个自相矛盾的要求。

"案发第二天上午9点多打电话通知久院大坝管理事务所的也是裕树先生。因为尸体要是被发现得太晚，警方估算的死亡时间的范围就会拉得很大。到时候，他也许就没有不在场证明了。"

"你刚才说'凶手无论如何都需要把车沉进大坝湖里'，原来这一切都是为了制造不在场证明啊？"

"是的。"时乃点了点头。

我对这一点产生了些许疑问。

"把孝藏的车推进湖里之后，裕树是怎么回去的呢？"

警方一直认为，孝藏和凶手是开着各自的车去了久院大坝。但实际情况是，孝藏的车是凶手裕树开过去的，而孝藏当时已经成了塞在后备厢里的尸体。

"据我猜测，裕树先生可能是骑公路自行车回家的。"

"公路自行车？"

我吃了一惊，这才明白时乃之前为何问起自行车。

"您说公路自行车很轻，拆装方便，所以很多爱好者把它放在车里带出门。裕树先生开着装有尸体的车前往久院大坝的时候，车上也装着公路自行车的零件。在把车推进大坝湖之前，他取出零件，把车组装起来。车顺利沉湖之后，再骑公路自行车回家。您说公路自行车的时速可达三十千米，裕树先生上大学的时候又是公路自行车俱乐部的成员，在天亮之前骑回家应该不成问题。顺便一提，裕树先生应该是骑车前往大伯家行凶的。他可以提前把用来杀害孝藏先生的大坝湖水灌进塑料瓶里，然后把瓶子绑在自行车上，这样方便搬运。"

有道理……连"裕树上大学的时候是公路自行车俱乐部的成员"这种鸡毛蒜皮的小事都成了关键线索，时乃的推理真是让我心服口服。

我本想当场支付五千日元的酬金，时乃却说："多谢您的认可。但本店是事成付款，等警方确定能推翻裕树先生的不在场证明时，再付也不迟。""确定推理准确无误再收钱"也是她爷爷立下的规矩。

我连忙回答："该道谢的是我。"同时在心里说，谢谢你帮忙侦破了这起案件，更谢谢你让我看到了那个神采奕奕地分享推理的美谷时乃。

第二话 500个目击者

多過ぎる証人のアリバイ

1

约莫一间半宽的门面，看着很有年头的木制外墙，挂着"美谷钟表店"招牌的店门。推门进屋前，我不禁四下张望。

8月某日下午，拱顶下的鲤川商店街与平时一样熙熙攘攘。我却不由得怀疑，往来的行人中是否潜伏着盯梢的恶徒。

不会吧，不可能的……我如此安慰自己，推开店门。丁零零的钟声扑面而来。

店里的冷气刚刚好，舒适极了。在柜台后忙碌的店主连忙转身说道：

"欢迎光临。今天也好热呀！"

她的右手握着螺丝刀，右眼还戴着修表专用的放大镜。

"我又来请你帮忙推翻不在场证明了……"

听到这话，美谷时乃微微一笑。

"多谢您经常惠顾本店。"

她肯定没有别的意思，我却偏偏忍不住去琢磨这"经常"二字。毕竟我是那野县警局搜查一课的，我"经常"委托她推翻不在场证明，就意味着搜查一课动不动就依靠老百姓破案。

我在古董沙发上坐定后，时乃端来一个玻璃杯，里面盛有淡绿色的茶水，看着很是清凉。

"我尝试做了一下冷萃绿茶，不知道合不合您的口味。"

小啜一口，温润清爽的苦味瞬间扩散开来。

"很好喝。"

"多谢夸奖。"

茶香味真是回味无穷。听说泡茶的诀窍也是爷爷传授给她的。

我真想就这么坐着喝会儿茶，什么都不想，奈何案子不等人。我端正坐姿，开口说道：

"这次想委托你推翻的不在场证明可能是有史以来最牢固的，因为嫌疑人有足足五百名证人作保。"

"五百名？怎么会有这么多证人啊？"

"因为出席宴会的每位宾客都是证人。"

"那可真是不得了，听起来似乎很有挑战性。"

说到这儿，时乃忽然面露疑惑。

"您好像比平时更担心，出什么事了呀？"

"我看起来很担心吗？"

"嗯，您好像一直留意着身后的动静。"

我不禁心头一紧。

"实话告诉你，这次的凶手也许比之前的那些都要危险。"

"危险？"

"有人因为知道凶手的秘密，而被灭口了。"

"天哪……"

时乃瞪大双眼。

所以我担心，凶手一旦发现你的存在，搞不好会加害你，怕你推翻他的不在场证明——我在心里暗暗嘀咕。

其实我也犹豫过。也许这一次，我应该让时乃置身事外，不借用（准确地说是购买）她的智慧。我没有让任何人知晓她的存在，可谁知道消息会不会走漏出去呢。踌躇许久后，我还是跟平时一样走进了这家店，但总是忍不住怀疑是不是有人在跟踪我，是不是有人看见我进来了……

然而，时乃听到我的回答后并没有表现出丝毫的恐惧，她莞尔一笑：

"那就更要推翻不可了。"

我不禁望向时乃。她的面容总能让我联想到小白兔。她是那么年轻，那么娇小纤弱。她没有孔武有力的外表，却有着过人的勇气。

"好，那我从头说起……"

我又喝了一口茶，开始叙述案情。

2

前辈们纷纷走下警车，落在最后的我也离开了驾驶座。

闷热的空气笼罩全身，远处传来阵阵蝉鸣。

积雨云在碧空中翻滚，艳阳之下的水面波光粼粼。

7月22日，星期天。在流经舞黑市的久利须川的河岸边，有一处被蓝色塑料布包围的角落。一些穿着白衬衫的男人在那附近来回走动，好不忙碌。他们都是阿贺佐警署的探员。我们走上前去，寒暄一番。在他们的带领下，我们走进了塑料布围栏。

草丛特有的暑气扑面而来，教人喘不过气。但另一种诡异的恶臭迅速压倒了一切。

那是蛋白质焦煳的臭味。

只见一具焦黑的尸体倒在丛生的杂草之中。这一幕的视觉冲击力实在太强，周围的一切仿佛都变得不真实了。

"没事吧？"下乡巡查部长问道。

"没……没事。"

"你是头一回见焦尸吧？"

我点头回答："是的。"调来县警局搜查一课也有一年零三个月了，本以为对凶案的尸体已经习以为常，可眼前的焦尸让我痛苦地感觉到，自己的道行还差得远呢。

"您就不觉得恶心吗？"

"我也有五年多没见过焦尸了，还挺震撼的。"

话虽如此，巡查部长却是面不改色。

我们走出塑料布围栏。我强压着胃里的翻江倒海，同时深呼吸。与四组一起出现场的鉴证人员立刻着手勘验。在此期间，阿贺佐警署的警官跟我们介绍了大致情况。

今天早上6点多，来岸边遛狗的大爷发现了这具尸体。接到报警电话后，阿贺佐警署派人赶往现场。警方在离尸体五米远的地方发现了一个包，里面有智能手机和名片盒。可惜手机被锁住了，但名片盒有望为警方提供线索。因为里面装了好几十张名片，上面印着"名越彻"这个名字，而他的职务是"众议院议员户村政一的秘书"。名片极有可能暗示了焦尸的身份。阿贺佐警署立刻通知了户村的事务所，表示警方发现了一具焦尸，死者很有可能是名越彻。

是自杀还是他杀？警方对尸体周边进行了搜查，却没有发现任何有可能盛放燃料的容器，也没有发现可能用于点火的打火机或火柴。这意味着那些东西都被名越彻之外的人拿走了。综合种种迹象，他杀的可能性直线上升。阿贺佐警署请求县警局搜查一课支援，而那天当值的刚好是我所在的第二强行犯搜查四组，于是全组即刻赶往现场。

验尸官走出蓝色塑料布围栏，眉头紧锁。

"什么情况？"

四组组长牧村警部问道。

"遗体损毁严重，无法通过尸表检验确定死因和死亡时间，只能等法医解剖了。"

"是生前被烧死还是死后焚尸？"

"这个也无法确定。要明确被害者是不是生前被烧死，关键在于其皮肤有无烧伤、呼吸道和食道中有无烟灰，还要看其血中碳氧血红蛋白的含量，这些都得通过法医解剖确定。"

"如果是往活人身上浇汽油，那也太可怕了。"

我如此感叹，下乡巡查部长却摇了摇头。

"这不是汽油味，而是灯油味。"

"灯油？"

"嗯，因为汽油太易燃了，普通人搞不定，所以凶手才没选汽油吧。"

就在这时，一辆沿路驶来的黑色轿车映入眼帘。

"议员大驾光临了。"牧村警部说道。

眼看着那辆车停在一众探员边上。司机走下车，打开后座的车门。一个男人缓缓走了出来。

只见他身材高大，五官轮廓分明。头发半白，应该已经年过花甲。

"新来的，你负责记录。"

牧村警部对我吩咐道，随即走向那个人。我急忙跟上。

"辛苦了，我们是县警局搜查一课的。"

警部自报家门。对方露出沉痛的表情，鞠躬回答：

"我是众议院议员户村政一。听说警方发现了一具尸体，疑似我的秘书名越……"

"因为有个包被落在死者遗体附近，里面有名越先生的名片，所以我们认为死者十有八九就是他。只是遗体被严重烧毁，眼下还无法确定身份。您要去看看吗？"

"麻烦您带路。"

牧村警部把户村政一带进塑料布围栏内，来到遗体跟前。议员低头看着尸体，面无血色。

"您能确认死者是名越先生吗？"

"……不好说，身高、体格倒是像的……"

"您最后一次见到名越先生是什么时候？"

"昨晚6点半左右。是这样的，昨晚6点到8点，舞黑站前的帕特里夏酒店有一场我主办的宴会。名越一直在我身边帮忙处理各种事务。谁知宴会开场后不久，有人打电话给他，说他的父亲病倒了，住进了县立医科大学附属医院。名越跟我汇报了这件事，说等宴会结束了，他就去一趟医院，但我劝他立刻赶去看看。毕竟少他一个，宴会也不至于办不下去。名越犹豫了一下，最后还是跟我道了声谢，转身离开了宴会厅。他还给报信的人回了一个电话，说'我这就过去'。那是我最后一次见到他……"

"他有没有说电话是谁打的？"

"没有。"

"那您后来有没有跟他通过电话？"

"没有。他没给我打过电话，我也没给他打，生怕打扰他。他明明是去探望父亲的，怎么会出这种事呢……"

牧村警部转向我吩咐道：

"新来的，找县立医科大学附属医院核实一下，问问昨天有没有符合条件的病人住院。"

我掏出手机，打电话问医院，"昨天有没有上了年纪的男性病人住院"。我一开始便表明了身份，说自己是县警搜查一课的，对方却还是半信半疑。这也难怪……反正他们给出的回答是，昨天没有老年男性病人住院。

牧村警部和户村大概也听见了我和院方的对话。警部对户村说道：

"我们稍后会再去医院核实一下，但打电话给名越先生的人很有可能在说谎。"

户村一脸的难以置信。

"都是假的？谁会做这种事啊，他图什么啊……难道那通电话跟案子有关？"

"眼下还不好说，不过名越先生极有可能是被谋杀的。当然，前提是这具遗体就是他。"

"谋杀？难道他是被人浇上灯油，活活烧死的？"

"具体的得等法医解剖，但我们没找到装灯油的容器，也找不到用来点火的打火机或火柴，这说明有人把那些东西拿走了。"

"名越怎么会被人害死呢……"

"他有没有被卷进什么纠纷？"

"实不相瞒……一星期前，我们接到一通匿名电话，号称要在宴会厅里装炸弹……但我不确定这件事和案子有没有关系……"

牧村警部和我惊讶地望向议员。

"我们当时连忙咨询了县警局警备课，最后决定禁止宾客带包入场，还请了几位警备课的警官过来负责警戒。"

还有这种事？虽然搜查一课与警备课同属县警局，但前者属于刑事部，后者属于警备部，所以我还是头一回听说。

"但打电话威胁要装炸弹的人总归是冲着我来的吧？出事的怎么是名越而不是我呢……"

"名越先生多大了？成家没有？"

"他今年三十九岁，单身。听说他母亲走得早，父亲还健在，所以我才让他赶紧去医院……"

"为了确认遗体是不是名越先生，我们会提取DNA样本，与他父亲的DNA进行比对。您知不知道他父亲住在哪里？"

"不好意思，我不太清楚，只听说他老人家住在那野市。"

"那我们去调查一下。明天应该可以告知您比对结果。"

"有劳各位警官了！请警方务必抓住凶手，无论死者是不是名越。"

"我们会全力侦办此案。稍后我会派人去您的事务所了解情况，还请多多配合。"

议员离开后，牧村警部对验尸官说道：

"麻烦提取一下遗体的样本送去科学搜查研究所。我们回头就把名越父亲的样本送过去。"

"好的。由于体表损毁严重，我们会从死者的口腔取样。"

接着，警部命令小西警部补[1]（他是我们组里资历仅次于下乡巡查部长的老资格）将被害者的智能手机带回课里，用警用工具解锁，提取其中的数据。

"如果被害者真是名越彻，那手机的通讯录里肯定存了他父亲的电话号码。他父亲总归也是姓名越的。等数据提取出来了，你就给人家打个电话，问问他住哪儿，然后去采集一下DNA样本。"

警部补一口应下，转身离去。告诉一位父亲，警方发现了一具遗体，死者很有可能是他的儿子——这样的差事，也只有经验丰富的老手才能胜任。

---

[1] 日本警察阶级之一，位居警部之下、巡查部长之上。一般负责担任警察实务与现场监督的工作。

3

牧村警部将探员分为两组，一组继续勘验现场，另一组奔赴昨晚举办宴会的帕特里夏酒店，调查名越的行动轨迹。

酒店那组总共四人，包括下乡巡查部长和我。

帕特里夏酒店耸立在舞黑站前，共有十二层。它应该是舞黑市档次最高的酒店了。

下乡巡查部长在前台出示了证件，告知来意。保安将我们带去前台后侧的房间。那里摆着好几台显示屏。

听说宴会是在二楼的多功能厅"枫叶厅"举办的，6点开始，8点结束。所以我们先请工作人员快速回放了那段时间"枫叶厅"门口走廊的监控录像。

下午6点，宾客陆续进入"枫叶厅"。由于这是一场政治筹款宴会，宾客中年长的男性居多。

"宾客手上都没拿包……这是针对一周前的炸弹威胁采取的防范措施吗？"

下乡巡查部长问安保负责人。

"是的。根据县警局警备课的建议，我们要求所有宾客将随身包袋寄放在衣帽间。"

下午6点31分，名越匆匆走出"枫叶厅"。他穿着白色短袖衬衫，打着领带，配一条深蓝色长裤，手上也没有提包袋之类的东西。

录像继续播放……可直到8点宴会结束，名越都没有回来。也就是说，名越在下午6点31分离开了会场。

我们又查看了一楼大堂的监控录像。安保负责人告诉我们，大堂装了四台监控，而我们调取了拍到正门口的录像。

6点33分，监控拍下了名越离开酒店大堂的一幕。当时他手里拿着包，也许是去衣帽间取的。

我们还调取了酒店停车场的监控录像。那是一座塔式多层停车场，监控装在一层的车辆出入口附近。6点34分，服务员与名越出现在画面中。服务员在面板上点了几下，停车场的门就开了。名越坐进门后的车里，随即发动引擎。那是下午6点35分的事情。

由于停车场外没有监控，我们并不知道名越的车开往何处。

❇

当晚8点，第一次搜查会议在调查本部所在的阿贺佐警署举行。毕竟是第一次碰头，搜查一课的课长与阿贺佐警署署长也到场了。会议由牧村警部主持。

我们首先听取了刚刚从科学搜查研究所送来的DNA鉴定报告。名越的父亲和尸体的DNA比对结果显示，两者存在亲子关系。名越的父亲说他只有一个儿子，因此死者就是名越彻，毋庸置疑。

然后是法医解剖的结果：种种迹象显示，尸体被点着的时候，被害者应该已经死了。换言之，死者是死后被焚尸，而非生前被烧死。尸体的后脑有被殴打的痕迹，死因就是殴打造成的脑挫伤。由于尸体被焚烧过，法医难以推算出精确的死亡时间，但应该是昨天下午6点到9点。

　　法医在死者的胃里发现了咀嚼过的食物，主要成分是米饭，但处于几乎没有被消化的状态。可见死者吃下食物不过三十分钟。换句话说，名越进食后半小时内就一命呜呼了。调查显示，他胃里的东西是宴会上供应的烩饭，以意大利米烹制而成。意大利米比日本米更细长，即便经过咀嚼，也能明显看出形状的差异。这种米在日本颇为罕见，所以名越肯定是在会场吃到的。

　　接着，下乡巡查部长汇报了名越遇害前的行动轨迹。监控录像显示，名越于6点31分离开了举办宴会的"枫叶厅"。6点33分走出酒店大堂。6点35分把车开出停车场。车上没有别人。之后不知去向……

　　牧村警部说道：

　　"名越胃里发现的意大利米烩饭是宴会提供的餐食之一。名越在6点31分离开了宴会厅，所以他吃下烩饭的时间不会晚于这个时间点。而他又是在进食后三十分钟内遇害的，所以不难推测，死亡时间的下限应该是7点出头。

　　"而名越开车离开停车场的时间是6点35分。这便成了死亡时

047

间的上限。因此我们可以大致推断出——名越死于6点35分到7点多。"

在场的众人纷纷赞同。

第四项汇报与名越在宴会厅接到的电话有关。对方谎称他的父亲病倒住院了，可老人家根本没出事。名越只跟户村透露过这件事，但户村告诉警方，名越没说电话是谁打来的。

警方在尸体附近找到了一个包，而名越的智能手机就在包里。警用解锁工具调取的通话记录显示，手机在下午6点28分接到过一通电话，应该就是名越在宴会厅里接到的那一通。对方使用了无法核实机主身份的预付费手机，目前尚未查明其身份。在6点30分，名越给预付费手机回了一个电话。据户村说，名越在电话里告诉对方"我这就过去"。

电话的内容是一派谎言，打电话的人用的还是预付费手机，可见电话十有八九是凶手打来的，而凶手的目的就是把名越引出来。照理说，名越离开宴会厅后应该会直接赶往医院，那凶手是如何与他碰头的呢？名越在即将离开宴会厅的时候给凶手打过电话，也许凶手就是利用了这个机会，要求名越在某处停车，接上他一起去医院。两人会合后，凶手在7点多实施了犯罪。

打电话的人极有可能是名越的熟人，因为他知道名越的手机号，而且名越对他毫不怀疑。不仅如此，凶手要求名越接上他一起去医院，这意味着凶手与名越的父亲也走得很近，所以去医院探望合情合理。

第五项汇报与名越的车有关——那辆车被遗弃在舞黑市西村町。想必是凶手与名越会合后实施犯罪，放火烧毁了尸体，然后开车到西村町，把车留在了那里。西村町是舞黑市的闹市区，街上有许多出租车来来往往。凶手很有可能在路边拦下一辆出租车，返回了自己家。但截至目前，警方还没有找到拉过可疑人物的出租车。

第六项汇报涉及案发一周前的威胁电话。对方声称要在户村议员举办宴会的地方安装炸弹。负责汇报的是接待过户村的警备课课员。

课员称，威胁电话打到了户村的事务所。电话那头的声音很闷，听不出是男是女，对方只撂下一句"我要在户村办筹款宴会的地方装炸弹"就挂了。

户村起初也怀疑是恶作剧，但还是向警方报告了此事，以防万一。最后采取的防范措施是请警备课课员提前来宴会厅进行检查，并禁止宾客携带包袋入场。这是为了防止别有用心之人把炸弹放在包里，偷偷带进宴会厅。

事务所没有录下那通威胁电话，因此无法通过声纹锁定来电者的身份。而且户村的官网上就有宴会的预告，人人都能看到，所以警方也无法通过消息来源缩小怀疑范围。

"需要探讨的问题有以下几点，"牧村警部环视在场的众人，"首先，这通威胁电话与被害者的死是否有关？如果有，两件事之间存在怎样的联系？"

"鉴于威胁电话和名越遇害只隔了一个星期，我认为两件事显然是有联系的。"

"那你觉得这里头有什么联系？"

"威胁电话是打到户村事务所的，那接电话的也许就是秘书名越。名越猜出了对方的身份，跟对方摊了牌。于是凶手一不做二不休，杀了名越灭口。"

但警备课课员排除了这种可能性，说"接电话的不是名越"。

见没人发表其他意见，牧村警部继续往下讲。

"其次，凶手为什么要焚尸？只要通过DNA比对，就能清楚得知：死者确实是名越。所以可以排除'凶手为掩盖死者身份而焚尸'的可能性。那凶手为什么还要放这把火呢？"

一位同事说道：

"会不会是被害者身上附着了什么有助于识别凶手身份的东西？凶手不能放着不管，可清除起来又很花时间，而且难以彻底清除，于是他便决定把尸体焚毁。"

"你所谓的'有助于识别凶手身份的东西'是指什么？"

"有助于识别凶手的身份，还得附着在被害者身上……我最先联想到的就是血。也许凶手在行凶时与名越发生了打斗，意外受伤，血溅到了名越的身上和衣服上。"

我心想：有道理！身边赞同之声四起。

搜查一课课长进行了总结陈词。

"鉴于凶手那通电话直接打到了名越的手机上，凶手极有可能是名越的熟人，而且还与他父亲熟识。从明天开始，请大家重点排查符合条件的人。另外，凶手身上很可能有伤，所以这方面也要密切关注。"

✱

说到这里，我喝了口茶润喉。柜台后的时乃听得很认真，表情云淡风轻。

"……可就在我们开展调查的第一天夜里，第二名被害者惨遭毒手。说这些就好像在揭露警方的无能，感觉怪难为情的……"

"这就是您之前提到的'灭口'？"

"对，凶手杀害了一名宴会宾客。死者显然知道名越遇害的秘密，也不知道他是怎么了解到的。直到两天后，我们才接到消息……"

4

在之后的两天时间里，大伙顶着盛夏艳阳四处走访，找名越的熟人了解情况。牧村警部则留守阿贺佐警署的调查总部——除首次现场勘验外，搜查一课的各组组长都要留守搜查总部，负责把控全局。

我与下乡巡查部长一组，走访了好几位名越的朋友与熟人。政客的秘书就是不一样，名越的人脉非常广，各行各业都有熟人。其中也不乏与名越的父亲熟识的人，但包括他们在内的所有人都有不在场证明。

因为凶手身上很可能有伤，我们在问话时仔细观察了对方的外表和身体状况，却没有发现一个可疑的人。

之后，我们找了家餐馆，点了套餐当午饭。吃到一半，巡查部长的手机响了。

"组长？怎么回事？"

下乡巡查部长看着手机屏幕嘀咕了一声，接起电话，结果一听就微微皱眉，回了一句"知道了"便挂断了。

"怎么了？"我问道。

"昨天晚上，舞黑市百川町发现了一具男尸，是他杀，可能跟我们在查的案子有关。所以组长让我们立刻回阿贺佐警署的搜查总部，说是要开联合搜查会议。"

"……立刻？"

我赶紧把剩下的套餐扒进嘴里。

※

阿贺佐警署的会议室里热火朝天。

除了四组和阿贺佐警署的人，还来了几位七组的同事。

牧村警部说道：

"昨天晚上，舞黑市百川町某公寓发现了一具他杀尸体。被害者名叫安本孝之，三十八岁，是一名测量师。七组负责调查此案，发现此案与21日的议员秘书谋杀案密切相关，所以才有了这场联合搜查会议。"

"您说的'密切相关'是指？"

"安本孝之出席了21日的户村筹款宴会。"

"真的吗？"

会场一片哗然。

牧村警部说，具体的请七组来讲。于是七组的一位同事开口说道：

"昨天（23日，星期一），安本孝之擅自旷工，没有去测量事务所上班。当天晚上，一位同事给安本的手机打了好几个电话，但一直无人接听。据说安本做事认真踏实，从没有旷过工。同事还以为他是病得动不了了，于是去他家所在的公寓查看情况，结果发现了尸体。尸体处于一种非常诡异的状态——四肢被铐在床架上，嘴也被堵住了。"

"不会是在玩什么重口味的花样吧？"

在场的同事之一苦笑道。

"安本身上穿着衣服，不像是在做那种事。"

七组的同事一本正经地回答道。

"那会不会是抢劫？"

"现场完全没有翻找财物的痕迹，"回答完这个问题后，七组的同事继续说道，"通过法医解剖，我们推测出安本死于前一天，即22日晚上9点至11点。死因是被殴打。安本的胃和十二指肠是空的，可见他遇害前至少断食了二十四小时。这也意味着他至少被铐了二十四小时。"

"凶手图什么啊？"

"据我们猜测，凶手可能对安本怀有强烈的仇恨，这么做是为了用饥饿折磨他。勘查现场的时候，我们在一个抽屉里发现了宴会入场券的收据，可见被害者应该参加了21日的宴会。被害者的书架上摆着好几本户村政一的书，貌似是户村的支持者。"

七组的同事操作了一下投影仪，屏幕上出现了一个将近四十岁的男人的大头照。

"这就是被害者安本孝之。"

屏幕中的安本戴着眼镜，人中、嘴边到下巴都留了胡子，皮肤晒得很黑，也不知是因为测量师这份工作，还是因为他酷爱户外运动。

我觉得他有点儿眼熟。前天在帕特里夏酒店看监控录像的时候，好像看到过这张脸。那一脸壮观的胡子教人过目不忘。

"听说宴会的宾客名簿和宴会厅的监控录像都被这边的搜查总部拿回来了，我们就来核实了一下，结果在名簿的最后找到了安本的名字。他好像是最后一个入场的。监控录像显示，他在下午6点50分来到了宴会厅的接待处。"

牧村警部说道：

"我们可以大致确定，安本和名越的死有着千丝万缕的联系。接连遇害的两个人出席过同一场宴会，怎么可能无关？问题是，两起案件之间存在怎样的联系？"

一个是户村政一的秘书，一个是户村的支持者。杀害这两个人的动机会是什么呢？

"安本会不会是在宴会厅里看到了什么指向名越一案凶手的关键线索？所以凶手得知此事后，就杀了安本灭口。"

"可安本来的时候，名越已经走了啊。安本是如何得到了关于凶手的关键线索呢？"

"这个还不清楚，但'灭口'可以解释凶手为什么要在杀害名越的第二天就心急火燎地杀了安本。"

在场的同事们纷纷表示赞同。

牧村警部点了点头。

"第二起命案来得如此之快，灭口倒是个合情合理的解释。"

5

调查就此陷入僵局，整整一周毫无进展。名越遇害的原因依然成谜，也不知道安本究竟是因为发现了什么才丢了性命。

我和下乡巡查部长一组，负责找宴会宾客了解情况。我们向宾客出示安本的照片，问他们是否认识安本，有没有看到他在宴会厅里做了什么。安本之所以遇害，很有可能是因为他在宴会期间看到、听到了什么。说不定有宾客目睹了那关键的一幕。

当晚的宾客有五百人之多。共有十组探员负责宾客这块，这意味着每组要询问五十人左右。

由于宴会厅很大，许多宾客压根儿没看到安本。看到安本的人也不记得他在宴会厅里做了什么。大家似乎都忙着找自己的目标人物聊上一聊。不可思议的是，警方竟没有找到一个认识安本的宾客。这着实不太对劲，于是我们找户村了解了一下安本购买宴会入场券的原委。

户村告诉我们，有人通过他的官网咨询"普通人能否购买宴会入场券"。据说此人看过户村的书，深受感动，所以想出一份力。于是名越就把银行账户发了过去，确认汇款到账后，就把入场券寄往安本的地址。

在搜查会议上，有同事提出了一种猜测：安本也许是反对派阵营的间谍。他出席宴会可能是为了打探户村政一的交友圈子和支持者的情况。搞不好是安本四处走动、打探消息的时候，找到了与名越一案的凶手有关的线索。

在上一届选举中，有一个叫川岛祐英的人和户村针锋相对。两人本是盟友，但在十多年前分道扬镳。

我和下乡巡查部长随之走访了川岛的事务所。川岛祐英在各方面都与户村政一形成了鲜明对比。他身材矮胖，油光满面，显得精力旺盛。

我们问他认不认识一个叫安本孝之的人，而他的回答正如我们所料——"不认识"。

❋

8月1日，调查出现重大转机。

那天，名越彻的父亲来到设在阿贺佐警署的搜查总部。牧村警部接待了他。

名越的父亲明明才七十二岁，可他看起来比实际年龄沧桑了十多岁。

"还没抓到害死我儿子的凶手吗？"

"实在抱歉，我们也在全力调查，只是……"

名越的父亲沉默不语，像是有什么心事。牧村警部耐心等待，经验告诉他，这种情况最忌讳催促。

过了许久，名越的父亲终于开口说道：

"……小彻无意中说过一句话。"

"哦？"

"他说，'再过几年，户村老师的地盘就归我了'。"

"议员让秘书接班不是常有的事吗？"

"听说户村老师本想让自家儿子接班的，从小就经常带他去事务所熏陶。我还听说，他儿子也很愿意接父亲的班。小彻却说，再过几年，户村老师的地盘就归他了。当时我便说，'亏老师能同意'。小彻却说，'老师没的选，只能听我的'，脸上还带着奇奇怪怪的笑……"

"只能听他的？"

"……我猜小彻手里可能有户村老师的把柄，以此要挟老师让他接班。户村老师嘴上答应了，但他其实是想让儿子接班的。无可奈何之下，他就把小彻给……"

老人点到为止。

"如果真被您猜中了，那您觉得户村议员的把柄会是什么呢？"

老人无力地摇了摇头，说他毫无头绪。

名越的父亲离开后，牧村警部立刻叫来四组的下属。毕竟事关重大，他决定先在四组内部讨论一下，回头再在搜查会议上汇报。

"如果老人家的证词属实，那就意味着户村有杀害名越的动机。不过就因为这个将户村视为嫌疑人，好像还差一口气。"

下乡巡查部长说道。

"确实。但户村说过一句非常可疑的话。刚发现尸体的时候，我们不是把他请到了案发现场吗？当时我也没多想，现在琢磨起来才觉得不对劲……"说到这儿，警部转向了我，"新来的，当时在场负责记录的就是你。我告诉他，名越可能是被谋杀的。户村惊呼：'谋杀？难道他是被人浇上灯油，活活烧死的？'——你还记得吗？"

"记得，他就是这么说的。"

"但我那个时候还没跟他提过'名越被人浇了灯油'。那户村怎么知道凶手用了'灯油'呢？"

我心头一凛。

"听说有人被烧死了，普通人最先联想到的肯定是汽油，因为影视剧里都是这么演的。新来的起初不也以为凶手用的是汽油吗？"

"是的。"

我当时还感慨了一句："如果是往活人身上浇汽油，那也太可怕了。"

"户村却明确地说出了'灯油'二字。当然，他也不是完全没有可能凭气味辨认出凶手用的是灯油而非汽油。可他又不是经验丰富的警察，哪能一闻就知道？就算他真闻出来了，照理说也会先问一句'这是灯油味吗'，户村却张口就说'他是被人浇上灯油，活活烧死的'。唯一说得通的解释，就是'户村一开始就知道凶手使用了灯油'。为什么？因为他就是凶手。"

"凶手是户村政一？"

下乡巡查部长皱起眉头。

"嗯，我觉得就是他干的。"

"问题是，户村有不在场证明——7月21日下午6点到8点，他一直都在宴会厅里。"

"没错。"牧村警部点了点头。

我斗胆发表意见：

"他有没有可能溜出去一小会儿，在宴会厅外杀害名越，然后再溜回来？"

"我看过监控录像，他是6点进的宴会厅，8点出来，其间一次都没有离开过。再说了，户村毕竟是宴会的主角，这么多宾客都盯着他呢。他不可能长时间离开宴会厅实施犯罪，而不被宾客怀疑。"

"如果6点到8点出现在宴会厅里的户村是个冒牌货呢？"

"冒牌货？"

"一个跟户村长得一模一样的人。"

你当替身这么好找呢！——前辈的吐槽激起笑声一片。

"户村肯定在宴会上跟很多宾客交谈过。要真是冒牌货，肯定早就穿帮了。不过，为谨慎起见，还是去核实一下吧。"

※

在当晚的搜查会议上，牧村警部提出了"凶手是户村政一"的假设。管理官的脸色相当难看，但最后还是决定按这个思路深入调查。

在接下来的一周里，我们挨个儿走访宴会宾客，明确户村政一在宴会期间的行动轨迹。

宾客当然不可能一直紧盯着户村的动向，但综合所有宾客的证词，户村似乎完全没有离开过宴会厅。

而且与户村交流过的数百名宾客都表示，他们当晚见到的绝对是户村本人，完全没有跟"与户村长得一模一样的替身"交谈的怪异感。警方也核实过了，户村没有同胞兄弟。

"新来的，你怎么看？"

在某天晚上的搜查会议上，牧村警部征求了我的意见。在四组的前辈们眼里，我俨然成了"不在场证明专业户"。这固然是因为我接连推翻了好几个嫌疑人的不在场证明，可实际识破真相的并不是我，而是"美谷钟表店"的店主。但我又不能让人知道自己泄露了案件的机密信息，只能假装一切都是我推理出来的。这下可好，功劳都被算到了我头上。

我拼命开动脑筋。

"名越胃里有宴会上供应的烩饭，而烩饭使用的意大利米几乎还没被消化，所以我们推测，名越刚离开宴会厅就遇害了，死亡时间是6点35分到7点多。可谁能保证名越是在宴会厅里吃下了烩饭呢？如果户村偷偷打包了一些烩饭带走，在8点以后让名越吃上几口，然后才杀害了他呢？"

"有道理……"牧村警部点了点头，"如果真是这样，户村就有可能行凶。"

就在这时，我的脑海中灵光一闪。

"对了！我们之前一直没想通，安本明明是在名越离开之后来的，那他是如何知道了凶手杀害名越的秘密呢？可要是假设'户村偷偷把烩饭带出了宴会厅'，就能解开这个谜团了。也许安本是看到了户村偷偷打包烩饭的那一幕，还跟户村提起了这件事，于是户村一不做二不休，杀了安本灭口。"

"过一遍监控录像，看看户村有没有机会带走烩饭。"

搜查总部有从帕特里夏酒店拷来的监控录像，"枫叶厅"门口的走廊、酒店大堂和停车场等地点均出现在录像中，录像时间是从案发当天下午5点到晚上10点。我们决定重点查看"枫叶厅"门口走廊的录像，于是架好投影仪和屏幕，倍速播放了存储在硬盘里的监控录像。早在案发次日，我们就在酒店安保负责人的陪同下看过这段录像，但这次的重点关注对象只有户村一人。

户村在6点整和几位宾客一起走进"枫叶厅"，之后也有宾客陆续进场。然而，户村全程没离开过会场，一直待在宴会厅里。

直到8点多，户村才走出"枫叶厅"。毕竟是夏天，他上身短袖衬衫，下身长裤，着装轻便。和其他宾客一样，他手上也没拿包。

"……我觉得他没有打包的机会啊，"下乡巡查部长嘀咕道，"烩饭那么软，饭粒又是零零碎碎的，肯定得用容器装着。可是把容器拿在手上又很惹眼，总得塞进包里遮掩一下吧。"

"会不会是让同伙偷拿的？"

"……同伙？那就得再过一遍录像了。"

我们再次倍速播放录像，从6点开始。我瞪大双眼，紧盯画面，看得眼睛生疼，却无法半途而废。毕竟是我提出了"打包烩饭"的假设，我必须负起责任，查明这招是否可行。

"……好像没人有机会偷拿烩饭啊。宾客都没带包，轻装出席，也不太可能把装有烩饭的容器塞进衣服藏起来。"

我们还查看了宴会厅内部的监控录像，但没有发现有人做出"把烩饭装进容器"之类的可疑举动。

我不禁垂头丧气，瘫坐在椅子上，眼睛阵阵刺痛。太对不起四组的同事和领导了，害得大家白费了好些力气。

户村或他的同伙以某种出乎意料的方式把烩饭带出了宴会厅。安本就是因为撞见了这一幕才惨遭杀害……我觉得自己的猜想并没有错。问题是，他究竟用了什么法子呢？

就在这时，我忽然察觉到了一种尚未探讨过的可能性。

"……对了！说不定户村是通过负责烹饪的厨师拿到了烩饭！"

第二天早上，我和下乡巡查部长立即找厨师了解情况。但厨师向我们保证，他没有在宴会厅外把烩饭交给任何人，户村不可能从他那儿搞到烩饭。厨师看起来实在不像是在说谎的样子，我们别无选择，只能采信他的证词。

可这就意味着，我的推论站不住脚了……

✳

在接下来的两天里，调查组为推翻户村的不在场证明绞尽脑汁，却始终束手无策。渐渐地，管理官对"视户村为头号嫌疑人"的调查方针产生了疑问。毕竟怀疑户村的依据不过是名越跟父亲说过的那些话，以及户村当着牧村警部和我的面说漏嘴的那一句话，眼下还没找到任何物证。所以管理官开始怀疑其中是不是有什么误会，怀疑我们听错了。

我很肯定自己跟牧村警部没听错。可围绕这一点争来争去也无济于事。再这么下去，搜查总部将不得不调整方针，不再视户村为嫌疑人。

真想去"美谷钟表店"找时乃参谋参谋……这个念头闪过我的脑海。可我毕竟是搜查一课的，动不动就求助普通群众成何体统。而且本案的凶手心狠手辣，知道案件秘密的人都被他毫不留情灭了口。要是我咨询时乃的时候被他撞见了，搞不好会把她牵扯进来……我也是犹豫了很久才鼓起勇气跨进了店门。

听完我的叙述，时乃莞尔一笑：

"时针归位——户村政一先生的不在场证明已经土崩瓦解了。"

6

时乃推翻不在场证明的速度总是让我叹为观止。她重新泡了一杯茶，端到我面前，然后坐回柜台后的老地方，开口说道：

"恕我冒犯，其实您的思路很对，就差临门一脚了。"

"是吗？"

我还是头一次得到这样的评价，不禁吃了一惊。

"但调查结果显示，户村不可能打包带走意大利米做的烩饭，所以我的假设被推翻了。既然不能带走烩饭，那名越就不可能在8点以后吃下烩饭。"

"正如您所说，把烩饭带出宴会厅是不可能的。要想在不打包的前提下让名越先生吃下烩饭，那就只可能是'名越先生自己在宴会厅里吃下的'。"

"他自己在宴会厅里吃下的？不可能啊，名越早在6点31分就离开了宴会厅。考虑到胃内容物的消化状态，死亡时间应该是进食后的三十分钟以内。如果他是在宴会厅吃下的烩饭，那遇害时间必然是在7点出头之前，如此一来，户村就没有机会行凶了。要想推翻户村的不在场证明，就只能假设有人把烩饭带出了宴会厅。"

"是的。但只要改变对某一点的看法，您的推理就有了用武之地。"

"对某一点的看法？"

时乃没有直接回答这个问题，转而说道：

"名越先生在宴会期间接到的那通电话引起了我的注意。如果凶手是户村先生，那就意味着他在宴会期间给名越先生的手机打了电话，把他引了出来。

"户村先生不可能在众目睽睽之下亲自拨打名越先生的手机，所以他应该是让别人打的，而这个人很可能是他的同伙。问题是，这么做要冒很大的风险。名越先生也许会通过声音识破同伙的身份。用变声器也不是不行，但在这种情况下，名越先生肯定会起疑心，不会相信对方的说辞。

"如此想来，名越先生的手机接到的那通电话，很可能是他自己打的。"

"名越的手机接到的那通电话是他自己打的？"

"对。比方说，他可以把预付费手机提前藏在口袋里，暗中操作，拨打自己的手机，再接听这通电话，假装和对方说话，最后挂断。如此一来，就能在旁人的记忆和通话记录中制造出'他接过电话'的假象。"

"名越为什么要演这样一出戏啊？"

"应该是为了离开宴会厅。名越先生想去某个地方，却不能透露那是哪儿，所以要用这通电话当借口。"

"啊？他想去哪里啊？等宴会结束再去不就行了，何必大费周章演戏呢？"

"没错。由此可见，那是一个必须在宴会期间去的地方。"

"必须在宴会期间去的地方？到底是哪儿啊？"

"宴会厅。"

"啥？"

我听得云里雾里。

"为了去宴会厅，名越先生找借口离开了宴会厅。"

"不好意思，我好像没听懂……"

时乃没事吧？不会是被这鬼天气给热糊涂了吧？我忧心忡忡地打量着她。她却淡定地说道：

"说得再具体一些，就是'名越先生离开宴会厅，是为了以另一个人的身份回到宴会厅'。"

"以另一个人的身份？"我恍然大悟，"难道是安本？！"

时乃嫣然一笑。

"没错。名越先生乔装打扮成安本先生的样子，回到了宴会厅。6点50分来到接待处的'安本先生'是名越先生假扮的。"

"这可能吗？"

"您说警方走访了宴会宾客，却没找到一个认识安本先生的人。只要名越先生不和任何人交谈，就不至于穿帮。如果宴会的规模很小，生面孔的出现肯定会引起众人的怀疑。但那天的宴会规模很大，足足有五百人出席。就算看到一个谁都不认识的宾客，大家也会想当然地认为——'虽然我不认识他，但肯定有别人认识他'，不会把这个人放在心上。尤其是政治筹款宴会，就算见到没人认识的陌生人，宾客也会认定'那是户村议员的支持者'，不会当回事的。"

"还真是……"

"那就让我们重新梳理一下这起案件吧。宴会期间，名越先生用提前藏好的预付费手机给自己的手机打了一个电话。当时是下午6点28分。预付费手机可能藏在他的口袋之类的地方。他先是装出大吃一惊的样子，与'对方'说了两三句话，然后在自己的手机和预付费手机上分别按下挂断键。如此一来，无论是在旁人的记忆里，还是在通话记录里，都形成了'预付费手机的机主和名越先生通了一次电话'的假象。

"名越先生告诉户村先生，他的父亲病倒住院了。户村先生让他立即去医院看看。于是名越先生又给预付费手机打了一通电话，告诉那个并不存在的人'我这就过去'。当然，这也是名越与户村二人为误导旁人演的好戏。

"名越先生在6点31分离开宴会厅，然后开车驶出酒店。监控录像记录下了这一幕。

"离开酒店停车场后，名越先生立刻把车停在附近的收费停车场，在车里乔装打扮了一番。为了模仿安本先生，他戴上了假胡子和眼镜，脸上可能还涂了演员化妆用的油彩，好让皮肤看起来更黑。

"假扮安本先生的名越先生走回酒店，在6点50分现身宴会厅。

"只需要把入场券递给接待处的工作人员，然后在名簿上签名，就能顺利进入宴会厅，全程不用说一句话。假扮安本先生的名越先生十有八九没和工作人员交谈，签名的时候用的也是平时不常用的那只手。工作人员可能做梦也想不到，眼前这位就是刚离开宴会厅的议员秘书。

"进入宴会厅后，名越先生也不与任何人交谈，只是四处走动，让大家记住他假扮的那个人。

"然后在8点不到，也就是宴会即将结束的时候，名越先生吃了一些会场提供的意大利米烩饭。

"宴会结束后，户村先生借故离开酒店，去名越先生停车的收费停车场与他会合，然后打死了他。户村先生动手前肯定问过名越先生'你有没有被人认出来'，确定万无一失以后才实施了犯罪。

然后，他将尸体留在车上，立即返回酒店。

"名越先生的胃内容物就这样停止了消化，烩饭保持基本没被消化的状态。

"警方误以为名越先生在6点31分离开了宴会厅，结合烩饭的消化状态，便得出了'名越先生死于6点31分后不久'的结论。尽管户村先生不可能精准预测出法医解剖会将死亡时间的范围缩小到进食后半小时内，但'进食后不久遇害'这一点是板上钉钉的。而宴会直到8点才结束，于是户村先生就拥有了五百名宾客作保的不在场证明。

"当然，单单让警方误判死亡时间还不够，这样的不在场证明是有漏洞的。万一有人偷偷带走了只在宴会厅提供的意大利米烩饭，在宴会结束后让名越先生吃下，然后再将他杀害呢？

"要想排除这种可能性，就必须营造出'无法将烩饭带出宴会厅'的大环境。于是户村先生在案发一周前打了一通匿名电话，谎称要在会场装炸弹。"

"那通电话是户村本人打的？"

"是的。户村先生因此咨询了县警局警备课，而警备课建议他禁止宾客带包入场。这正中户村先生的下怀。因为不带包，就不可能神不知鬼不觉地把烩饭带出宴会厅了。"

"原来是这样……"

"之后，户村先生回到收费停车场，开着载有尸体的车，来到久利须川的岸边，用提前备下的灯油焚尸。"

"他为什么要焚尸呢？"

"为了清除名越先生改头换面的痕迹。毕竟名越先生为了假扮安本先生，特意贴了假胡子，戴了眼镜，还用油彩涂黑了皮肤。户村先生在行凶后，肯定也做了一番清理，但当时是在夜里，天知道他有没有清理干净。而且为了假扮安本先生，名越先生肯定换过衣服。不把死者身上的衣服换回来的话，警方肯定会起疑。问题是，给死者穿脱衣物非常困难，而且相当费时。所以他才决定放火焚尸。如此一来，就算名越先生的皮肤上还有没清理干净的油彩，也会被大火烧掉，衣服也会被烧成灰烬，看不出来那不是名越先生的。"

哦……原来这就是凶手焚尸的理由。

"忙完这些之后，户村先生驾驶名越先生的车离开现场，再把车撂在别处，回到家中。第二天早上得知'久利须川边发现疑似名越先生的焦尸'后再奔赴现场。据我猜测，户村先生大概一整晚都没合眼。"

难怪他一不留神说漏了嘴——"难道他是被人浇上灯油，活活烧死的？"

"但户村先生的不在场证明还没有大功告成。要想让伪造的不在场证明天衣无缝，他还有很多工作要做。"

"他还需要杀害安本是吧？"

"是的。在户村先生的计划中，'名越先生伪装成别人回到宴会厅'是最关键的一环。为了让人们认定这个'别人'不是名越先生，户村先生有必要赋予其实体，所以他才让名越先生假扮成了真实存在的安本先生。但仅仅假扮还不够，他要让人们认定：出席宴会的确实是安本先生。于是他决定杀害安本先生，并在现场留下宴会入场券的收据。而且安本先生一死，就不怕他说出'我没去参加宴会'这种话了。"

　　我不禁语塞。这作案动机也太荒唐了！

　　"户村先生在22日夜里前往安本先生的住处，但当时安本先生已经被绑在床上了。因为早在21日傍晚出席宴会之前，户村先生就已经去过那里一次了。他把安本先生打晕后，将其铐在了床上。"

　　"这么做又是为了什么？"

　　"为了避免安本先生在宴会期间出现在别处。如果有人在宴会的同一时间在别处看到了安本先生，而警方通过调查掌握了目击证词，'出席宴会的安本先生是假的'这件事就有可能暴露。为了防止这种情况发生，户村先生有必要在宴会期间将安本先生留在他的住处。而且，他家里的灯肯定也都关了。"

　　"既然户村在21日傍晚就把安本控制起来了，那何必等到22日晚上才动手呢？就不能选21日深夜吗？"

　　"之所以等到22日晚上，是为了清空安本先生的胃和十二指肠。"

"怎么说？"

"在旁人眼里，安本先生是出席了宴会的，可要是没能在他的胃里或十二指肠里找到宴会厅供应的餐食，那警方就很容易起疑。所以户村先生想拖延时间，等安本先生的胃和十二指肠清空，以便掩盖他肚子里本来就没有宴会餐食的事实。"

户村的思路过于邪恶，听得我目瞪口呆。

"户村先生将安本先生打死之后，在现场留下一张21日的宴会入场券收据，制造安本先生出席过宴会的假象。他还在书架上放了好几本自己写的书，将安本先生打造成了'户村议员的支持者'。如此一来，安本先生参加过宴会这件事就会显得更自然一些。

"户村先生可能在哪里见过安本先生，发现他和名越先生的身高、体格非常相似。而且他留着胡子，戴着眼镜，假扮起来也比较容易。安本先生之所以被选中，仅仅是因为他与名越先生外形相似。

"安本先生到底是不是户村先生的支持者？这一点也很值得商榷。如果他不是，反而对户村先生更为有利。因为如果他是的话，宾客里说不定会有认识他的人。而这意味着，当名越先生假扮安本先生回到宴会厅的时候，他很有可能被人识破。"

"那户村是用什么借口让名越假扮安本，还陪他演那些戏的呢？"

"他找的借口可能是'让人们误以为安本先生还活着'，不过这只是我的想象。"

"'让人们误以为安本先生还活着'？这又是怎么回事？"

"户村先生很有可能谎称安本先生手里有他的把柄，请名越先生配合他杀人灭口。他负责动手，而名越先生的任务就是伪装成安本先生出席宴会，将警方估算的死亡时间往后推，这样就能为他制造不在场证明了。说不定，他还让名越先生别担心，因为会场里没人认识安本先生，只要四处走动就行，还叮嘱他'安本先生喜欢吃烩饭，别忘了吃两口……'这里头有不少想象的成分，但他只要这么说，就可以让名越先生假扮安本先生，并吃下烩饭。"

"哦……有道理。"

户村让名越误以为他要用诡计把被害者（安本）的死亡时间往后推，而他真正使用的诡计，其实是为了把另一个被害者（名越）的死亡时间往前推。

"不过话说回来，亏名越敢掺和户村的计划……"

"名越先生手里本就有户村先生的把柄。要是再参与户村先生的计划，就能掌握他更多的把柄。当然，名越先生自己也会沦为帮凶，但他认为即便东窗事发，也是户村先生所受的影响更大，而且如此一来，他就掌握了更强大的把柄，可以将户村先生玩弄于股掌之中，这对自己更为有利。但户村先生料中了名越先生的心思，也料中了他会加入自己的计划。"

好一场尔虞我诈。

"当然，这些都只是我的想象。"——时乃补充道。但我确信她猜得没错。

✳

在第二天的搜查会议上，我发表了时乃的推理，假装那都是我自己想出来的。在场的所有人都心服口服，对我赞不绝口。我却觉得良心隐隐作痛，仿佛考试作弊却被不知情的老师表扬的学生。

警方立刻将安本提交给单位的文件上的签名和宴会厅接待处宾客名簿上的"安本"二字进行了比对，字迹果然大不相同。

搜查组将户村请回署里协助调查，先亮出比对结果，再抛出我的（其实是时乃的）推理。大概户村做梦也没想到警方会彻底识破自己的诡计，很快就交代了犯罪事实。

户村告诉我们，他曾在两年前肇事逃逸，这就是名越手上的把柄。事发当天，户村原本坐着名越驾驶的车走访选区。开进一条山路后，他突然心血来潮，说要自己开一会儿。结果没开多久，就撞到了碰巧路过的一名中年男子。由于是山路，周围没有目击证人。于是户村让名越坐回驾驶座，两人驾车逃之夭夭，连救护车都没叫。后来才听说伤者不治身亡。

过了一阵子，名越要求他退居二线，把地盘让给自己。户村说他打算让儿子接班，名越就提起了他肇事逃逸的事情。这便让户村打定了主意，除掉名越，永绝后患。

而他说服名越假装安本的借口也完全如时乃所料。这也让我再一次对时乃的能力感到由衷的敬佩。

命案终于告破，搜查总部一片欢腾。我得到了好几位前辈的夸奖，心里却很不是滋味。得赶紧成长起来，不能一直依赖时乃——我暗下决心。这不仅是因为请普通人帮忙破案有辱搜查一课的威名，更是因为我意识到，自己的行为有可能将时乃置于险境。要是嫌疑人了解到了时乃的存在，为了防止她推翻自己的不在场证明而加害于她，那可怎么办……虽然这种事情从未发生过，但谁能保证以后也绝对不会发生呢？

要不干脆搬到"美谷钟表店"附近？这样就能每天确认她的安全了……刚冒出这个念头，我就被自己吓到了。这样一来，我和跟踪狂有什么区别啊！于是，我赶紧打消了这个念头。

第三话

奇怪的遗产纷争

一族のアリバイ

1

秋高气爽。

碧空如洗，空气清新，教人心旷神怡。早晚有一点点凉，但白天不冷不热，温度刚刚好。

难得休一天假，我来到了鲤川商店街。

拱顶下的人流量比平时略大一些。日式点心铺门口贴着栗子羹的海报。服装店摆出各式秋装。咖啡店外设了桌椅，供顾客饮食小憩。我沿街而行，任这一幕幕在视野中远去。

一想到马上就能见到她了，我的脚步便不自觉地加快。我也知道与她见面是自己能力欠佳的结果，可就是管不住这双脚。

终于，我来到一家店门口。约莫一间半的门面，古色古香的木制外墙。推开挂着"美谷钟表店"招牌的店门，丁零零的钟声扑面而来。正在柜台后忙碌的店主转过身来，微笑着说道："欢迎光临。"

看到她的笑容，我的心头一阵雀跃。

"你好。今天天气真好，很有秋天的感觉了。"

"是呀，我都想临时停业一天跑出去野餐了。"

那就把店关了，一起出去走走吧——这句话都到嘴边了，所幸我及时"刹车"。好险好险，差点儿就把心里话说出口了。

"我又来找你帮忙推翻不在场证明了……"

听到这话，美谷时乃鞠躬说道："多谢惠顾。"

"不过这次的委托，可能比之前的那些麻烦三倍。"

"三倍？"时乃眨了眨眼，"是嫌疑人有三个不在场证明吗？"

"嫌疑人倒是只有一个不在场证明，但案子有三个嫌疑人，所以不在场证明总共有三个。照理说肯定是两真一假，可我们不知道哪个才是伪造的。"

简言之，那野县警局搜查一课没能将嫌疑范围缩小至一人。所以我这一次不单单是请她推翻嫌疑人的不在场证明，简直就是麻烦人家锁定哪个嫌疑人才是真凶，我都觉得自己实在有些厚颜无耻。

"案子比平时麻烦三倍，费用也加到三倍好了。"

我急忙补充道。请"美谷钟表店"代为推翻不在场证明的费用是五千日元，事成付款。说实话，我觉得这个价钱是便宜过头了。哪怕她加价三倍，我都心甘情愿。再说了，要是她误以为我是那种"把麻烦事丢给别人，却只肯出一份钱"的渣男，那我真是"死不瞑目"啊！

时乃却笑容满面道：

"没关系，虽说有三个不在场证明，但案子只有一起呀，按平时的费用来就可以了。"

"那多不好意思……"

"遇到这种情况，我爷爷肯定也不会加价的，所以我也不会介意。"

时乃的爷爷是这家钟表店的前任店主。在推翻不在场证明这方面，他也是时乃的导师。

时乃都说到这个份儿上了，那我就恭敬不如从命吧。

我跟平时一样坐在店里的古董沙发上。时乃端来香气四溢的绿茶。我喝了一口润了润嗓子，开始叙述案情。

2

9月17日，星期一。上午11点多，县警局总部的通信指令室接到一通报警电话，说是有人发现了一具男尸。被害者名叫富宰健一，家住那野市龟取町。上门服务的家政阿姨发现了尸体，并拨打了报警电话。我所在的县警局搜查一课第二强行犯搜查四组立即赶往现场。

案发现场是一栋独门独院的双层小楼，建在幽静住宅区的一角。房子看起来有二三十年了，但很是气派，院子足有三十坪左右。

富宰家的玄关前站着个家政阿姨模样的女人，附近警亭派来的警官在一边陪着。只见她脸色煞白，瑟瑟发抖。牧村警部对警官道了一句"辛苦了"，确认她就是尸体的发现者。

"遗体在哪儿？"警部问道。

"在起居室里，进门右手边那间。"

"我们稍后再找您了解情况。"

警部带着我们几个下属走了进去。进门一看，前方是一条通往深处的走廊。

走廊右侧便是起居室模样的房间。透过门缝望去，可以看到左侧墙边摆着沙发，右侧墙边摆着电视和电视柜。一眼就能看到被害者仰面倒在沙发的座位跟前，头冲着我们，腿对着另一边。我们走进起居室。

富宰健一身材中等，六十五六岁的样子。蓝格子长袖衬衫配棕色长裤，上半身被血染成了黑红色。一把刀赫然插在他的左胸上。尸体周围的地毯都被鲜血染得发黑了。

四组探员将勘验现场的工作交给鉴证人员，纷纷来到室外。牧村警部问家政阿姨：

"您每周来这户人家几次？"

"三次，每周一、三、五。"

"主要做些什么？"

"洗衣打扫，外加准备午餐和晚餐，还有一些零碎的家务。"

"富宰先生是做什么工作的？还是已经退休了？"

"他说他是靠炒股吃饭的。原来在贸易公司上班，五十五岁那年提前退休，开始炒股……还记得他得意扬扬地跟我说，'我看股票可准了'……"

"您最后一次见他是什么时候？"

"上周五来干活儿的时候。"

"当时富宰先生有没有什么不寻常的举动？"

"没有啊……他说他想调整一下起居室的布局，我就跟他一起把沙发、电视之类的家具转了九十度。当时他还好好的……"

"富宰先生好像是独居。您了解他的家庭情况和亲戚关系吗？"

"这……"家政阿姨歪头沉思。忽然，她好像想起了什么。

"对了，他跟我炫耀过，说宇川莳绘是他外甥女。"

"宇川莳绘？"

"哎呀，就是那个很漂亮的女演员。"

"哦，您说的是那个宇川莳绘？有这么个外甥女确实不得了啊！"

连我这种平时不太看电视的人都听说过宇川莳绘，可见她有多红。牧村警部转向我说道：

"新来的，找宇川莳绘的经纪公司核实一下。也许她跟被害者并没有亲戚关系，是被害者胡说的。总之还是先问一问吧。"

我掏出手机，搜索起了宇川莳绘的经纪公司。

＊

　　搜查总部设在了负责该片区的中川警署。当晚8点，搜查会议在中川警署的会议室举行。毕竟是第一次碰头，搜查一课的课长与中川警署署长也到场了。会议由牧村警部主持。

　　首先是法医解剖的结果：据推测，富宰健一死于昨天（9月16日，星期日）下午2点至4点。死者胸部和腹部有多处刺伤，死于失血过多。由于起居室地面留有大量血迹，因此判断那里应该就是案发现场。

　　然后是鉴证课那边的检验结果：凶器是插在被害者左胸的刀，但刀上没有检测出任何人的指纹。

　　接着是走访邻里的结果：我们四组和中川警署的同事们找死者的街坊邻居了解了情况，但没有收获有价值的证词。昨天下午，没人在富宰健一家附近目击到可疑人物或车辆。

　　就在这时，放在中川警署署长跟前的内线电话响了。才说了没几句，署长便突然兴奋起来。他放下听筒，环视在场的众人，说道：

　　"是接待处打来的，说被害者的三名亲属一起来了。"

　　"事不宜迟，赶紧跟他们谈谈！"

　　牧村警部站起身来。

　　"那亲属可不是一般人啊！是宇川莳绘啊！"

　　署长激动不已。意识到自己成了众人目光的焦点，他才难为情地嘟囔道："嗯……我是她的影迷……"

牧村警部、下乡巡查部长和我前去接待这三位亲属，我负责记录。署长目送我们走出会议室，眼神里写满了羡慕。

富宰健一的三位亲属已经被带到了会客室。我们一进屋，三人便齐刷刷望了过来。宇川莳绘自然也在其中。

她的实际年龄应该在四十岁上下，可看起来不过三十岁出头。那样沉鱼落雁的美貌原本只出现于电视屏幕上，此刻却近在眼前。这感觉着实不可思议，仿佛时空都扭曲了。

"我叫宇川莳绘。"

女演员用平静的声音说道。

"哦哦，久仰久仰！"

牧村警部一反常态，语气里透着几分紧张。

"我是朝仓正平。"

另一位四十岁不到的男性亲属说道。他肤色白皙，身材修长。

"我是井田泰明。"

第三位亲属同样是男性，奔四的年纪，个子很高，肌肉发达。

"听说各位是富宰健一先生的外甥和外甥女？"

"是的，"宇川莳绘点头回答，"我、正平和泰明的母亲分别是舅舅的大姐、二姐和三姐。"

"那还有其他亲属吗？"

"就我们三个，因为我们的父母都不在了。"

“恕我冒昧，请问各位是做什么工作的？哦，宇川女士的职业我们自然是知道的……”

“说来惭愧，我是个无业游民。”朝仓正平如此回答。

“正平，你说你好端端的，怎么就辞职了呢？”宇川莳绘问了表弟一句，然后转头望向我们说道，“他本来是做厨师的，在银座的法餐名店‘Chez Fukami’工作，手艺也是有口皆碑。可是一年前，他莫名其妙辞职了，一直到现在再也没出去工作，真是太可惜了……正平，我本来还想带朋友去你们店里，跟他们炫耀炫耀桌上的菜是我表弟做的呢，你怎么就辞职不干了呢？”

朝仓正平苦笑着说：

“没什么特别的理由啦，就是不想再过天天做菜的日子了。”

牧村警部接着望向井田泰明，只听他回答道：“我在那野市的篮球队当教练。”瞧瞧那高大健壮的体格，确实很适合打篮球。

“他当年可是打过职业联赛的，为那野雷德梅茵队效力。”宇川莳绘说道。

三人中数她年纪最大，所以她似乎扮演着大姐的角色。

“后来因为伤病退役了，就在老东家当起了教练。”

牧村警部环视三人。

“各位对死者遇害的理由有没有头绪？”

三人齐齐摇头。

“搞不好是我们中的哪个为继承遗产动了邪念。”朝仓正平说道。

"别拿这种事开玩笑！"宇川蒔绘瞪了表弟一眼。

"抱歉抱歉……但小说和影视剧里不都是这么演的吗？富翁遇害的时候，有嫌疑的不是儿女，就是侄子、外甥什么的。"

"我知道你向来爱看推理小说，可故事和现实是两码事。"

"再说了，我们三个都不缺钱啊，"井田泰明插嘴道，"蒔绘姐是当红明星，正平虽然没在工作，可他当厨师那些年也攒了不少啊！我这个球队教练的工资也还过得去。"

"说不定是赚钱的速度赶不上借钱的速度，欠了一屁股债呢？比如沉迷赌博什么的……"

朝仓正平说道。大概他就喜欢往消极的方向想事情。

牧村警部微笑着说：

"那就请三位依次做下笔录吧。"

3

说到这儿，我喝了一口茶。时乃坐在柜台后面，一脸认真地看着我，好似耳听八方的小兔子。

"警部依次听取了宇川蒔绘、朝仓正平和井田泰明的证词。说好听点儿是'做笔录'，说难听点儿就是调查他们的不在场证明。

做完笔录后，我们核实了三人的说法，结果发现他们的不在场证明居然都站得住脚。为了方便你理解，我会把每个人在中川警署会客室提供的证词和事后核实的情况放在一起说……"

✳

第一个做笔录的是宇川莳绘。

警部：您昨天下午在做什么？

宇川：（没有回答问题，而是饶有兴趣地环视会客室）我演过几部刑侦剧，可走进真正的警署还是头一回。我改天说给美术指导听，他肯定会很高兴的。

警部：（耐心重复）您昨天下午在做什么？

宇川：哦，不好意思。昨天下午我一直都在别墅里待着。上周五晚上去的，一直待到昨晚。

警部：别墅在哪里？

宇川：在舞黑市的时原地区。

警部：那确实是个风景优美的好地方。您是一个人去住的？

宇川：不，我的经纪人也去了。

警部：您昨天下午没迈出过别墅一步？

宇川：也就独自出去散了会儿步，大约一个半小时吧。就在别墅周围随便走了走。

警部：还记得具体是几点到几点吗？

宇川：应该是下午1点到2点半。

警部：散步时有没有遇到别人？

宇川：有，跟几个人擦肩而过，但没什么交流。出门散步的时候，我都会戴上墨镜，所以应该没人认出我。

另一组探员在事后前往东京，找宇川莳绘的经纪人问话。经纪人名叫冈野灯子，不到四十岁，戴着眼镜，看起来一本正经。

冈野灯子忧心忡忡地望着来访的警官。

"警方怀疑是宇川干的？"

"没那么严重。只不过宇川女士是被害者的亲属，所以我们要按程序核实一下她的证词。"

"哦……"

"听说宇川女士在9月16日下午出门散过步？"

"对。"

"您还记得是几点到几点吗？"

"应该是下午1点到2点半左右。"

"您当时是用什么确认时间的？"

"我的手表——"说着，冈野灯子指了指她左手腕上的女式手表。

从富宰家开车去宇川莳绘的别墅需要四十分钟左右。即使她在下午2点整行凶，赶回别墅的时间也不可能早于2点40分，肯定来不及。

宇川莳绘的不在场证明就这样成立了。

✳

第二个做笔录的是朝仓正平。

警部：您昨天下午在做什么？

朝仓：（回忆片刻）从下午1点到1点50分左右，我和朋友在我家附近的一家寿司店吃了午饭。然后我就跟朋友分别，回了自己家。下午4点10分前后，我去了咖啡馆一趟——那家店离我家很近，也是我平时常去的，大概在那儿坐了半个小时吧。

警部：能否提供一下寿司店和咖啡馆的店名，以及和您共进午餐的朋友的姓名？

朝仓：不是什么高档餐厅，就是家回转寿司店，叫"鱼造"。咖啡馆叫"国王"（King）。我的朋友叫柿崎功。

警部：我们稍后会派人核实。

朝仓：舅舅是什么时候遇害的啊？

警部：应该是下午2点到4点之间。

朝仓：我下午1点50分到4点10分独自在家，那就是没有不在场证明了。从我家所在的公寓开车去舅舅家大概要一小时。假设行凶耗时十五分钟，那么两小时十五分钟就足够我赶去舅舅家行凶，再回到自己家了。

警部：嗯……您也不必这么悲观。难道您就没有办法证明下午1点50分到4点10分确实在家吗？

朝仓：（思索片刻，忽然两眼放光）对了！我想起来了！那天下午3点多，我在家里收过一个快递包裹。

警部：快递包裹？

朝仓：对。如果我3点多还在家，就不可能在下午2点到4点之间杀害舅舅了。毕竟开车过去单程就要一个小时，哪里还有工夫行凶啊？

警部：您可以证明收快递的就是您本人吗？

朝仓：啊？

警部：万一您找了个替身帮您收呢……

朝仓：怎么可能是替身，你们去检查一下快递公司留的单据好了。上面肯定有我的指纹，签收栏上也有我的签名。

警方找"鱼造"寿司店、"国王"咖啡馆的工作人员和朝仓的朋友柿崎功一一确认后，发现朝仓所说属实。

快递的包装袋还在，因为还没到规定的垃圾回收日。包装袋上贴着运单，上面印有单号。警方找快递公司"鲸鱼宅急送"查询了单号对应的派送记录。结果显示，包裹于9月16日下午3点2分送抵位于那野市三船町的朝仓正平家。

快递公司告知警方，有收件人签名的那一联运单会回收至那野市的物流中心存放一段时间，于是警方立刻前去借用。

运单上的信息显示，寄件人名叫江岛俊介，地址是神奈川县横滨市鹤见区大东町，寄送的是"书籍"。

鉴证课对运单进行了检验，发现了朝仓的指纹。签收栏中的签名笔迹也与朝仓的相吻合。

这意味着9月16日下午3点2分签收包裹的确实是朝仓本人。于是他也有了不在场证明。

为谨慎起见，我们还走访了寄件人江岛，核实他有没有给朝仓寄过包裹。下乡巡查部长和我奔赴横滨市，赶往江岛家所在的公寓。

江岛三十岁出头，肤色白皙，长得相当帅气。他是法餐名店"Chez Fukami"的主厨之一，直到一年前还是朝仓的下属。这样一个帅哥换上厨师制服，戴上大厨帽，肯定养眼得很。

江岛告诉我们，"包裹里装着我还给师兄的法餐菜谱"。如此一来，朝仓正平的不在场证明也宣告成立。

※

最后轮到井田泰明。

警部：您昨天下午在做什么？

井田：在家用电脑跟京都的朋友"打视频"。

警部：（一脸莫名）"打视频"？

我：（连忙解围）"打视频"就是拨打连接网络的视频电话，通过接在电脑上的网络摄像头和耳麦交流。

警部：（看起来完全没听懂）哦……

我：（替警部提问）从几点聊到了几点？

井田：大概是2点半到3点半。

我：能否提供一下这位朋友的姓名？

井田：笠木明。当年我们都在那野雷德梅茵队打球。他也退役了，现在在老家京都当球队教练。

我：二位都聊了些什么？

井田：交流了一些指导心得。电话和邮件能传递的信息比较有限，视频电话就方便多了，还能看到对方的动作……话说，舅舅是什么时候遇害的？

警部：昨天下午2点到4点。

井田：那我就有不在场证明了。2点半到3点半，我一直在家打视频电话。从我家开车到舅舅家要一个小时，所以我不可能行凶。

第二天，小西警部补远赴京都，找笠木明了解情况。

笠木做证说，9月16日下午2点半到3点半，他确实与井田泰明进行了视频通话。而且在通话期间，井田从未离开过电脑画面。

于是，井田泰明的不在场证明也得到了证实。

＊

调查组对富宰健一的情况进行了深入调查，发现他似乎过着与世隔绝的生活，平时也就炒炒股票，没有闹出过可能导致他遇害的严重纠纷。唯一说得通的动机就是争夺遗产。如果真是冲着遗产来的，那么凶手必然在宇川莳绘、朝仓正平和井田泰明之中。

问题是，三人都有不在场证明。

"新来的，你有没有破解不在场证明的思路？"牧村警部问道。

我是四组公认的"不在场证明专业户"，但其实之前那些不在场证明都是"美谷钟表店"的店主推翻的……不过我也确实该"自食其力"了。于是我绞尽脑汁……

宇川莳绘的不在场证明是，她9月16日下午身在舞黑市时原地区的别墅，下午1点到2点半左右独自出门散了会儿步。经纪人冈野灯子确认过她进出别墅的时间。而解剖结果显示，富宰健一死于下午2点至4点。从富宰家开车去宇川莳绘的别墅需要四十分钟左右。因此，富宰即便是下午2点整遇害，宇川莳绘赶回别墅的时间也不会早于2点40分，她没有足够的时间行凶。

那么，宇川莳绘有没有可能让灯子对时间做出十分钟左右的误判呢？如果真是这样，宇川莳绘散步归来的时间就是下午2点40分，而非2点半。如果是这样，她就有机会行凶了。

冈野灯子和宇川莳绘同住一栋别墅。因此宇川莳绘可以趁经纪人睡着的时候（9月15日夜间至9月16日清晨）偷偷把她的手表调慢十分钟，然后在16日夜间至17日清晨故技重施，把指针调回原样。

于是我问冈野灯子，她的手表有没有可能被调慢十分钟。她却付之一笑：

"我有个想看的电视节目是下午2点开播，所以那天下午动不动就看表，在手表走到2点的时候打开了电视。如果我的表慢了，那肯定会错过开头的。"

我的假设就这样被推翻了。

那井田泰明呢？9月16日下午2点半到3点半，井田通过电脑与友人笠木明打了视频电话。笠木做证说，井田在通话期间没有离开过电脑画面。据推测，富宰健一死于下午2点至4点。从井田家开车去富宰家需要一小时，所以井田也不可能行凶。

笠木说"井田在通话期间没有离开过电脑画面"，可要是井田当时在富宰家，而不是自己家呢？如果他用的是笔记本电脑，那就可以带出门了。如果井田是在舅舅家打的视频电话，他就有可能在下午2点到2点半之间实施犯罪，然后立即开始与笠木通话，制造不在场证明。

我提出了这一假设。

"会不会是身在舅舅家的井田把摄像头会拍到的那部分家具摆设搞得跟自己家一样，假装人在家里？"

为核实这一点，下乡巡查部长和我再次去京都面见笠木。

我们询问笠木，电脑画面中井田周围的场景有没有什么不对劲的地方。

"没什么不对劲啊……你们问这个干什么？"

"我们就是想确定一下，二位通话的时候，井田先生有没有可能在他家以外的地方。"

"不可能的，他肯定在自己家。"

"您怎么知道？"

"井田住的公寓设计得很独特，起居室里开了一扇高窗。每次跟他打视频电话，我都能看到那扇窗，他舅舅出事那天也不例外。"

富宰家的房子是二三十年前建的，没有"高窗"这种时髦的设计。井田也不可能凭空造出一扇高窗。

另一个角度的证据也足以推翻这一假设——我们调查了井田的

电脑在打视频电话时使用的IP地址，发现它确实归属于井田家的所在地，而非富宰家所在的地区。

灵感就此枯竭。唉，看来我还不能在"推翻不在场证明"这方面自食其力。

于是我决定前往"美谷钟表店"。

4

"……大概情况就是这样。"

我结束漫长的叙述，喝了一口茶。温润的苦味沁人心脾。

垂眸思索片刻后，时乃抬起头说道："您方不方便帮忙打听几件事？"

"哦？"

"我想请您找快递员核实两件事。第一，朝仓先生接过单据，并在上面签字的时候，有没有用什么不太寻常的方法？第二，当时朝仓先生是否戴着墨镜？"

"你让我调查朝仓，是不是意味着……你觉得他是凶手？"

"眼下并没有直接证据指向朝仓先生，但我认为他的不在场证明还是有可能推翻的。"

"你让我去核实朝仓签收快递时有没有戴墨镜……难道你觉得

那个在家签收包裹的朝仓是替身？可单据上的签名确实是朝仓的字迹啊。"

时乃笑而不答。

"好，我明天就去查，后天过来汇报结果。到时候再跟我分享你的推理吧。几点打烊？"

"晚上7点。"

这个时间，调查组恐怕还在忙活。到时候该怎么溜出来呢？请她多等我一会儿好像也不合适……就在我犯愁的时候，时乃莞尔一笑：

"您要是不介意，不如后天早上7点见吧？"

"啊？这么早来不会打扰你休息吗？"

早上7点过来倒是可以，因为搜查会议不会开这么早。

"不碍事的，我本就习惯早起。"

"可……这么早跑来多不好意思……"

"为老主顾行个方便也是应该的。"

我不禁苦笑。

"好，那我就后天早上7点来。"

✳

两天后。早上7点，我准时来到"美谷钟表店"。10月早晨的空气非常清冽，深吸一口，神清气爽。

这个时间段的鲤川商店街很是冷清，大多数商店还没开门，只有几家提供早餐的咖啡馆开着。

"美谷钟表店"的卷帘门已经打开了。我诚惶诚恐地推开店门，丁零零的钟声扑面而来。

"欢迎光临。"

柜台后的时乃笑得很清新。

"早上好。"我说道。

"您吃过早餐没有？"

"吃过了。"我随口胡扯。谁知话音刚落，肚子就叫了起来。

"我准备了饭团，您就着茶用一些吧。"

说着，时乃用托盘端来一杯茶，外加两个饭团。"太不好意思了……"我连忙道谢，立即开动。饭团是梅干海带馅儿的，非常美味。吃过早饭，我便向她汇报了昨天的调查结果。前去了解情况之前，我还跟搜查总部报备了一下。

"你让我问的第一个问题是'朝仓接过单据签字的时候，有没有用什么不寻常的方法'。快递员告诉我，朝仓签字的时候，把单据放在了一个垫板模样的东西上。"

时乃眉开眼笑，看来这就是她想要的答案。

"第二个问题是'朝仓签收时有没有戴墨镜'。你猜得没错，快递员说他确实戴了。"

时乃点了点头，说出了那句经典台词。

"时针归位——朝仓先生的不在场证明已经土崩瓦解了。"

❋

时乃在柜台后徐徐道来。

"警方之所以认定朝仓先生在下午3点2分签收了快递，是因为签收联上有他的指纹，签收栏中也有他的签名。既然如此，那只要提前在签收联上留下他的指纹、写上他的签名就行了，哪怕收包裹的是替身也不碍事。在室内收包裹还要戴墨镜，显然是为了掩盖'签收者是替身'这一事实。"

"提前在签收联上留下朝仓的指纹？这怎么可能呢？"

"如果朝仓先生收到的包裹是他自己寄的，那就有可能办到。"

我听懂了时乃的潜台词。

"你是说……寄件人江岛是朝仓的同伙！"

"是的。我不确定用'同伙'这个词是否妥当，但江岛先生应该是应朝仓先生的要求寄送了那个关键的包裹。早在寄件的时候，朝仓先生就已经在签收联上按下了自己的指纹。"

"可他最多只能预先在单子上按指纹，没法预先签字吧？不然岂不是很容易露馅儿吗？"

"您听说过'不可视之墨'吗？"

"不可食芝麻？"

我下意识地联想到了"可食用"的东西。

"刚写出来的时候看不见，但只要经过一定的处理，就能现出字迹的隐形墨水。"

哦，原来她说的是"不可视之墨"！

"就是那种放在火上烤一烤才能显形的墨水？"

"嗯，您说的也是隐形墨水的一种，遇热显形。有些隐形墨水则恰恰相反，书写后遇热消失，遇冷才再次显形。"

说到这里，时乃跟变戏法似的，从抽屉里拿出一张"鲸鱼宅急送"的快递面单。见我吃了一惊，她微笑着解释道：

"时常有住得比较远的客人专门委托本店修理钟表。遇到这种情况时，我们会把修好的钟表仔仔细细包好，通过快递寄回给客人，所以店里常备快递面单。"

客人愿意大老远过来修表，也能从侧面说明时乃的修理技术相当了得。就在我暗暗佩服的时候，只见时乃将面单一层一层翻开。

"一个面单有好几联，其中第一联是发件人自留联。第二联是邮局或便利店[1]留底联。第三联是金额结算联。第四联是粘在包裹上的粘贴联。第五、第六联是插在粘贴联里的。"

伴随着哧哧的响声，她撕开粘贴联，向我展示下方的第五联。

---

[1]　日本便利店大多提供收发快递服务。

"第五联是收件人自留联。第六联是货到后的签收联，快递员配送包裹时让收件人签的就是这一联。"

签收联的右侧中央留有签收栏，供收件人签名。

"签收联是这样插在粘贴联里面的。朝仓先生肯定也像我刚才那样，先揭开粘贴联，取出签收联，留下指纹，用隐形墨水签好字，再把签收联塞回去，将粘贴联重新糊好，让整张面单恢复原样。

"然后，朝仓先生把面单贴在包裹上，让江岛先生代为寄送。替身签收包裹时，再将签收联放在较热或较冷的物体上，让墨水显形。如此一来，就算签收包裹的是替身，也能制造出'朝仓先生亲自签收'的假象。"

据说朝仓（根据时乃的推理，快递员见到的"朝仓"其实是替身）签字的时候，把单据放在了垫板模样的东西上。想必"垫板"的用途，就是加热或冷却墨水。

"替身的指纹就没有留在签收联上吗？"

"据我猜测，替身可能预先在手指上涂了胶水，然后晾干，这样就不会把自己的指纹弄上去了。"

"原来是这样……"

"朝仓先生让江岛先生寄送包裹的时候指定了派送时间——下午2点到4点。虽然他无法预测快递员具体几点来，但只要包裹如他指定的那样，在下午2点到4点送到，那么他的不在场证明就成立了。就算包裹是2点整送到的，离他现身咖啡馆的4点10分也只有两小时十分钟，比作案所需的两小时十五分钟要短，不至于威胁到他的不在场证明。就算包裹4点整才来，他跟朋友在寿司店待到了1点50分，空白时间同样只有两小时十分钟，少于作案所需的两小时十五分钟，因此他的不在场证明仍然成立。"

"谁会是那个替身呢？"

"大概是寄件人江岛先生。知道秘密的人总归是越少越好的。"

说到这里，时乃嫣然一笑，问道："要不要再来一个饭团？"

5

调查组立即将签收联送往鉴证课，检验签名栏上的墨水。结果显示，墨水出自一种特殊的圆珠笔，用那种笔写下的字遇热消失，遇冷显形。

下一步是找江岛问话。要想将罪犯绳之以法，就得先扫清外围障碍。这项重任落在了下乡巡查部长和我的肩上，我们赶往横滨市鹤见区的江岛家。

"关于上次的那个包裹，我们还有些问题想问您。"下乡巡查部长说道。

"还没问完啊？我马上要去餐厅上班了，麻烦长话短说吧。"

"9月16日下午2点到4点，您是不是在朝仓先生家？"

江岛顿时面露惊色。

"为……为什么这么问？"

"请回答我，9月16日下午2点到4点，您是不是在朝仓先生家？"

江岛看着我们，眼神中尽是试探。

"是又如何？"

"那就是在了？"

"对……当时我在他家。"

"您代替朝仓先生签收快递，把签收联放在冰过的垫板状物体上，假装签字，实则等待隐形的字显形，是不是？"

江岛瞠目结舌。

"你们怎么知道得这么清楚？"

"我刚才说的是否属实？"

"对，没错。"

"为什么做这种事？"

江岛承认得相当干脆，这表明朝仓并没有向他透露过制造不在场证明的目的，否则他定会拼命掩饰。

"师兄说，他要写一篇推理小说，想试试看自己想出来的诡计，所以找我帮忙来着。"

"推理小说？"

"他说他一直爱看推理小说，早就想自己写一篇了。反正工作也辞了，有的是时间，那就写写看呗。"

我忽然想起，宇川莳绘确实对朝仓说过"我知道你向来爱看推理小说"。

"于是您就帮他做了实验？"

"对啊。师兄让我下午2点到4点待在他家，戴着墨镜去收快递，假装快递是他收的，"说到这儿，他面露忧色，"可警方为什么对师兄的诡计这么感兴趣呢？"

"您知不知道9月16日有个叫富宰健一的人遇害了？"

江岛使劲摇头，说他并不知道。

"富宰健一是朝仓先生的舅舅，所以他有为遗产谋杀舅舅的嫌疑。"

江岛一脸惊愕。

"怎么可能……师兄不会做这种事的！"

"朝仓先生给我们的说法是，在您做替身的那段时间，他在家亲自签收了快递。他会撒这样的谎，只可能是因为他就是杀害富宰健一的凶手。"

"居然是这样……"江岛茫然若失，喃喃自语，"呃……警方会追究我的责任吗？"

"不会的，除非您知道朝仓先生有行凶的打算。"

"我怎么知道师兄打的是那种主意啊！"

江岛用颤抖的声音说道。

外围障碍就这样扫清了，是时候跟朝仓正面交锋了。

✳

第二天早上，搜查总部要求朝仓正平来警局协助调查。朝仓脸色铁青，但还是同意了。

牧村警部和下乡巡查部长负责审讯工作。我则跟平时一样负责记录。

见我们识破了运单签名的玄机，再加上江岛的证词，朝仓似乎放弃了挣扎。他耷拉着肩膀说道：

"居然都被你们看穿了……我没跟江岛提过自己的真正目的，只说想试一试推理小说的诡计。请警方不要太难为他。"

"你这是承认案发当天去富宰家行凶了？"牧村警部问道。

"嗯，我承认。"

太好了！时乃的推理再一次推翻了凶手的不在场证明。

"你的动机是富宰先生的遗产？"

"对。辞职离开餐厅后，我的手头一直很紧……"就在这时，朝仓猛地抬起头来，语出惊人，"但我没杀他啊！你们一定要相信我啊！"

"你不是刚承认去富宰家行凶的事吗？"

"我只说我去了，没说我得手了啊！我赶到舅舅家的时候，他就已经遇害了。"

"什么？"

我就不用说了，久经沙场的牧村警部和下乡巡查部长好像也吃了一惊。

朝仓点了点头，讲述起了当天的经过。

朝仓抵达死者家的时间是下午2点50分左右。他在包里藏了钝器，准备当作凶器。他按了好几次门柱上的对讲机，却一直无人应答，还以为是人不在家。可当他握住房门的把手拧了一下，才发现门没上锁。看来舅舅是在家的，难道是睡着了？朝仓用谎言欺骗了江岛，让江岛做了自己的替身，所以不能推迟计划。要是一而再，再而三让其做替身，对方肯定会起疑心。于是他决定就这么闯进去，按原计划行事。

"舅舅，打扰了。"朝仓边说边进屋。他在门口脱下鞋，沿走廊前进。舅舅平时都待在起居室，于是他决定先瞄一眼起居室的情况。

当时一股奇怪的腥臭味飘了过来。朝仓带着不祥的预感走进起居室。令人难以置信的景象跃入眼帘。

只见舅舅仰面倒在沙发前，胸口血红一片，左胸处分明插着一把刀。

朝仓连忙冲向舅舅，想测一测他的脉搏，却根本摸不到。最关键的是，皮肤那冰凉的触感已然宣告了舅舅的死亡。

"我被吓破了胆，撒腿就跑。舅舅不是我杀的，可是谁看到那样的场面都会误以为我是凶手。毕竟我是有动机的，包里还藏着钝器。所幸我为自己伪造了不在场证明。我心想，只要就这么悄悄溜走，我就有不在场证明护体，不会有事的……"

"这种说法很难让人信服啊。"

"我说的都是真的，你们一定要相信我啊！"

"不会是你为了给自己脱罪胡编乱造的吧？"

"不是的！我到的时候，舅舅已经遇害了！"

"有什么证据可以证明你的说法呢？"

"哪有这样的证据啊！你们让我上哪儿去找证据啊！求你们了，我说的都是真的！"

"你的说法没有任何证据支持。人只可能是你杀的。都到这个份儿上了，我劝你还是老实交代为好。"

"不！不是我干的！"

朝仓双手抱头，手肘撑着审讯室的桌子，嘴里念念有词。忽然，他猛地抬头——是不是要招了？我的心都提到了嗓子眼儿。

谁知事与愿违，朝仓竟然两眼放光。

"对了！有样东西能证明我不是凶手！"

"什么东西？"牧村警部问道。

"刀！"

"刀？"

"舅舅是被人用刀捅死的不是吗？我可没这本事——因为我有恐刀症！"

"'恐刀症'？"

"对！我也不知道这毛病是怎么来的，大概是一年半前开始的，一看到菜刀、小刀这样带利刃的刀具，我就会异常害怕，别说是握刀了，连看都不敢看。这病可把我折磨惨了，因为身为厨师，天天都要跟刀打交道。我去看过心理医生，医生说我得了'恐刀症'。我只能咬着牙在厨房苦熬，最后实在忍无可忍，就索性辞职不干了。"

还记得朝仓是一年前辞职离开了法餐名店"Chez Fukami"。

"恐刀症啊……这毛病得的真是时候啊！"

"我没骗你们！我根本拿不了刀，所以才想用钝器行凶的。你们可以去找我的老同事核实，他们都知道我有恐刀症！"

✳

我们决定暂停审讯，先探讨一下朝仓的口供。

下乡巡查部长说道：

"凶手肯定就是朝仓！还恐刀症呢，肯定是他编出来的借口！"

牧村警部双臂交叉在胸前，说：

"看来有必要去核实一下他到底有没有恐刀症。"

警部重启审讯，并让朝仓一遍又一遍重复去舅舅家时发生的事情。如果他在撒谎，就有可能在重复的过程中露出马脚。然而，朝仓的证词始终如一。

与此同时，搜查总部立刻派人赶往位于银座的法式餐厅"Chez Fukami"。直到一年前，朝仓还在那里上班。此行的目的就是找老板和朝仓的老同事了解情况。结果每个人都做证说，朝仓确实有恐刀症。据说他只要在厨房里对着菜刀，就会出现呼吸急促、冒冷汗、头痛、恶心等症状。

"朝仓有没有可能在演戏？"——探员问得很细，但老板和老同事们一口咬定，那些症状不可能是朝仓演出来的。探员还从老板那里打听到了朝仓看过的心理医生的地址，立刻找了过去。医生也说朝仓确实患有恐刀症，连握刀都成问题，还说他发病已经一年多了，目前尚未痊愈。

如此看来，"朝仓有恐刀症"似乎确有其事。

当天傍晚，搜查总部决定将朝仓移出嫌疑人名单。当牧村警部在审讯室里将此事告知朝仓时，朝仓神情一松，仿佛放下了心头的大石。

"对了，朝仓先生，你听说过'丧失继承权'这回事吗？"警部问道。

"没，没听说过。"

"如果继承人以不正当手段图谋遗产，最后因此被判刑，就会丧失继承权。'为遗产杀害富有的舅舅，因谋杀罪锒铛入狱'就属于这种情况。"

"是、是吗？可我实际上并没有动手行凶啊，警方不也认可了吗？"

"就算人不是你杀的，制订犯罪计划、准备凶器也会被认定为犯罪预备行为，如果你因此入狱服刑，就满足了丧失继承权的条件。"

朝仓半张着嘴。

"那……我是不是拿不到舅舅的遗产了……？"

"要是法院判你缓刑，等缓刑期满了就能拿到。总之，这取决于法院的判决。你要不信，可以去咨询律师。从明天起，我们会针对你的犯罪预备行为开展审讯。"

说完，我们眼看着朝仓一脸茫然地离开了中川警署。

而这，竟是我们最后一次见到活着的他。

6

第二天（10月8日）下午1点多，宇川蔚绘拨打110报警电话，说她在朝仓正平家发现了他的遗体。调查组立刻赶赴现场。

女演员与经纪人冈野灯子坐在一辆罗孚迷你中等候。见警车来了，两人从车里走出来。宇川莳绘面无血色，可这种状态下的她依然美丽动人。一看到这位女明星，跑来看热闹的街坊邻居顿时瞠目结舌。

"您来这边有什么事吗？"

牧村警部以礼貌的口吻问道。

"正平告诉我，他被警方请去协助调查了。我感觉他情绪不太好，所以今天早上打电话给他，想给他打打气，可怎么打都没人接。我感觉不太对劲，硬是让经纪人开车把我从东京送了过来。结果……"

宇川莳绘就此沉默，嘴唇止不住地发抖。

"我们过会儿再找您了解情况，可否请您先在车里稍等片刻？"

牧村警部说完这句话，便带着我们几个下属进了公寓。公寓的档次不高，没有门禁系统，也没有防盗监控。朝仓正平住在303室。

一进玄关就是餐厅兼厨房。只见朝仓脸朝下倒在地上，背后插着一把刀。他身上还有几处刺伤，衬衫都被染成了黑红色。

"这刀和杀害富宰健一的凶器是同款，"下乡巡查部长嘀咕道，"凶手很可能是同一个人。"

验尸官立刻着手检验尸体，其他鉴证人员则忙着提取指纹。我们搜查一课的人暂时来到走廊，为勘验工作腾地方。

　　大约十分钟后，一位鉴证人员向我们汇报了勘验的初步结果：据推测，朝仓正平死于今天午夜0点至1点。用作凶器的刀与杀害富宰健一的刀系同款，表面没有附着任何指纹……

　　听完汇报，牧村警部立刻吩咐下属走访调查。他让我跟着他，负责记录。然后走下楼去。

　　见牧村警部和我走出公寓大门，宇川莳绘再次下车，冈野灯子匆忙跟上。

　　"到底是谁对正平做了那种事啊？"

　　"调查才刚刚开始，情况还不甚明了。请问您最后一次和表弟说话是在什么时候？"

　　"昨晚9点左右。我打算在家开一场派对，本想请正平掌勺的。可正平说他不想再为任何人做菜了，还是算了吧……我也只能作罢。但我感觉正平的声音好像有点儿消沉，就问他出什么事了。结果他告诉我，警察请他去协助调查了，但他据理力争，说自己有恐刀症，不可能行凶，好说歹说，警方才接受他的说法。我这才知道正平得了恐刀症。想想此前我竟然一会儿问他为什么辞职不干，一会儿又请他帮我操办派对，他听了该有多难受啊……"

　　"然后今天早上，您想打电话安慰安慰他，但一直没打通？"

　　"嗯，我本想提议我们姐弟三个找机会出来聚一聚的……"说到这里，宇川莳绘瞪了牧村警部一眼，"话说警方请正平回去协助调查是怎么回事？正平怎么可能杀害舅舅呢！"

警部告诉她，朝仓正平在案发当天为自己制造了不在场证明，前往富宰家行凶，谁知过去一看，富宰已经遇害了。

宇川莳绘不禁目瞪口呆。

"您的意思是，正平本想去舅舅家行凶？怎么会……这不可能是真的！"

"可惜事实就是如此。朝仓先生都亲口承认了。"

"我都不知道正平这么缺钱……他为什么不告诉我啊，我肯定会拉他一把的……"

"按程序，我得问一下您……今天午夜0点到1点，您在做什么？"

本以为宇川莳绘会大发雷霆，谁知她用平静的口吻回答：

"当时我已经在自己家睡下了，毕竟熬夜最伤皮肤。"

"恕我冒昧，您是独自在家吗？"

"是的，就我一个。我没结婚，也没有和任何人交往。"

这意味着她没有不在场证明。

"呃……我们可以走了吗？"冈野灯子插嘴道。她四处张望，神情忧虑。眼看围观群众越来越多了，甚至有人在用手机拍视频。视线的焦点显然是宇川莳绘，难怪经纪人如此担心。

牧村警部说了声"多谢配合"，表示宇川莳绘可以走了。经纪人赶紧让女演员上车，匆匆驶离现场。

✳

当天下午3点，搜查会议在中川警署举行。跟往常一样，会议由牧村警部主持。

"两起命案的凶器是同款。毫无疑问，杀害富宰健一的凶手也杀害了朝仓正平。那凶手为什么要犯下第二起命案呢？"

小西警部补说道：

"如果行凶动机是富宰健一的遗产，那么杀害朝仓可能是为了减少继承人的数量。因为继承人越少，每人能分到的遗产就越多。"

下乡巡查部长说道：

"可这也太草率了吧？还不知道遗产都有些什么，何必这么心急火燎？"

"阿下，你怎么看？"

"朝仓说，'我赶到舅舅家的时候，他已经遇害了'。说不定，他撞见了从富宰家走出来的凶手，却没跟我们透露这一点，而是悄悄告诉了凶手。于是凶手就杀了他灭口……"

我心想：有道理！赞同之声四起。

"宇川莳绘说，她昨晚9点左右给朝仓打过电话。如果她是凶手，那么朝仓就可能在那通电话里告诉她，'那天我看到你从舅舅家出来了'。也许朝仓无意威胁表姐，只是想确认表姐是不是凶手，宇川蔚绘却觉得朝仓是在威胁自己，决定除掉他永绝后患。"

"你的意思是，凶手是宇川蔚绘？"

中川警署署长插了一句，语气很是不爽。按照惯例，片区署长只参加第一次搜查会议，可这位领导是宇川蔚绘的影迷，案子又跟他的偶像有关，以至于他一场会议都没落下。

"那我问你，如果宇川蔚绘是凶手，她又何必主动提及那通电话呢？"

"只要我们去调查朝仓的手机通话记录，就会知道他们有过这通电话。她大概是权衡了一下，觉得与其试图隐瞒，事后招来怀疑，还不如一开始就主动交代。反正警方不可能查出通话内容，只透露'他们打过电话'不至于惹祸上身。当然，我们也无法排除凶手是井田泰明的可能性。在这种情况下，朝仓应该跟井田通过电话。"

"确实，"牧村警部点头说道，"无论如何，都需要调查一下朝仓的手机通话记录。"

搜查总部立刻使用最先进的手机解锁工具调查了朝仓的手机，又用投影仪将通话记录投到屏幕上。

一查才知道，两位表亲都跟朝仓通过电话。案发前一天（10月7日）晚上9点2分，宇川蔚绘给朝仓打了一通电话，通话持续了四分钟。而10月6日晚上10点37分，井田泰明也给朝仓打过电话，持续时间为五分钟。

"宇川莳绘和井田泰明都有可能通过电话得知，自己离开舅舅家的时候被朝仓撞见了，"牧村警部环顾在场的探员，"我们需要重点调查宇川莳绘和井田泰明，搞清他们在电话里跟朝仓聊了什么，核实两人今天午夜0点到1点之间的不在场证明。虽然之前已经问过宇川莳绘了，但有必要再深入审问一下。"

7

下乡巡查部长和我负责井田泰明。

井田家位于那野市吉野町的一栋公寓。公寓建得相当气派，看着比朝仓家档次高多了。井田住504室。

"没想到舅舅刚走了没几天，正平也遇害了……太可怕了……"

篮球教练的脸色非常难看。看来他确实受了不小的刺激，不像是演出来的。

"您和朝仓先生的感情怎么样？"

"我们年龄相仿，小时候经常跟着莳绘姐一起玩……"

"您在6号晚上10点37分给朝仓先生的手机打过一个电话，请问您当时找他是为了什么事？"

"我最近迷上了烹饪，想找正平取取经。"

"今天午夜0点到1点，您在做什么？"

"我一个人在家待着……警方怀疑正平是我杀的？"

"我们只是按程序问一问。"

"您就不必遮遮掩掩的了。可我为什么要杀正平呢？"

下乡巡查部长告诉他，朝仓亲口承认他去富宰家行凶，却发现富宰已经遇害，当时他有可能撞见了离开现场的凶手，以致凶手杀他灭口。

"警方是怀疑我杀害舅舅后离开现场的时候被正平撞见了？不过我是真没想到，正平居然承认他打过害死舅舅的主意。他有没有交代犯罪动机啊？"

"他说他辞去厨师的工作以后，手头一直很紧，所以盯上了富宰的遗产。"

"他怎么就没来找我呢，我肯定会帮他一把的……"

井田泰明的反应与宇川莳绘如出一辙，看来这三姐弟还真是挺要好的。

✳

下乡巡查部长和我回到搜查总部时，负责找宇川莳绘问话的同事已经归队了。

同事再次询问了她的不在场证明，但她的供述与先前一样：

朝仓遇害时，她独自在家睡觉。到头来，两名嫌疑人都没有朝仓正平遇害时的不在场证明。

不过他们都有富宰一案的不在场证明。这些不在场证明好似拦路虎，挡住了我们的去路。为突破阻碍，搜查总部进行了多方探讨，却无论如何都想不出足以瓦解不在场证明的假设。

＊

第二天，宇川莳绘联系搜查总部，说她请律师调查了舅舅的遗产，发现了惊人的事实。同事们立刻赶往位于东京的律师事务所。

律师称，富宰健一两年前在股海翻船，欠下了一亿日元的债务，房子之类的资产都拿去抵押了。换句话说，他根本没有可以留给外甥和外甥女的遗产。

连律师都纳闷儿，富宰健一的生活费是从哪里来的，毕竟请家政阿姨也是一笔不小的支出。

凶手为继承遗产杀害了舅舅，谁知舅舅早已身无分文，所以这场犯罪根本毫无意义。凶手要是知道了，肯定会惊讶万分吧。

虽说有新事实浮出水面，但受制于嫌疑人的不在场证明，调查工作全无进展。

最终，我还是决定去一趟"美谷钟表店"。这是我头一次为同一起案件麻烦时乃两次，想想都觉得脸上发烫。可破案要紧，不能因小失大。

8

推开店门，丁零零的钟声扑面而来。

"欢迎光临。"

正在店里擦灰的时乃向我莞尔一笑。

"呃……"

我觉得为同一起案件再次登门求助实在丢脸，说起话来难免支支吾吾。

"嗯？"

"呃……我是来找你帮忙推翻不在场证明的。"

时乃惊讶地睁大眼睛。这也难怪，毕竟我前不久才委托过她。

"有新案子了？"

"不，还是上次找你出过主意的那起。"

"那是我推理错了吗？"

"不，你的推理完全正确，朝仓也招了。"

时乃歪着脑袋问道：

"都招供了，为什么还需要委托我呢？"

我讲述了上次委托她推翻不在场证明后发生的种种：朝仓确实按时乃推理出来的方法伪造了不在场证明，也承认他去过富宰家，企图行凶。但他声称自己赶到舅舅家的时候，富宰已经遇害了。而且朝仓患有恐刀症，无法用刀杀害富宰。就在我们放朝仓回家的当天夜里，朝仓也惨遭毒手。我们高度怀疑，他撞见了离开富宰家的真凶，所以被灭了口。

"综合种种情况，凶手不是宇川莳绘，就是井田泰明。由于朝仓死于深更半夜，两名嫌疑人都是独自在家，没有不在场证明。但在富宰一案中，他们都有不在场证明，我们想破了头也没能推翻，所以我才想再委托你一次。当然，这次的费用另算。"

听到这话，时乃微笑着说道：

"我很乐意接受您的委托，不过这次就不收费了。"

"那怎么行，我会按规矩付款的。"

"代客推翻不在场证明向来是'事成'付款。上次的推理只推翻了一个不是凶手的人的不在场证明，这意味着我没把事办成，所以不能再收一次钱。"

时乃语气柔和，态度却十分坚定。

"哦……那我就恭敬不如从命……"

我嘴上这么说，心里却想着：等案件成功告破，我好歹得请时乃吃顿好的，表达一下谢意（前提是她肯答应）。

"麻烦您详细讲讲朝仓先生是怎么供述的。"

我尽可能还原了审讯的每个细节。时乃沉思片刻，然后用力点头，似乎是彻底想明白了。只见她嫣然一笑：

"时针归位——这一回，凶手的不在场证明是真的土崩瓦解了。"

✳

时乃在柜台后徐徐道来。

"在听您叙述的时候，我产生了一个疑问。"

"哦？"

"我觉得朝仓先生表明自己有恐刀症的时间节点太晚了。"

"太晚了？"

"是的。按照您的描述，朝仓先生是调查本部要求他去警署协助调查之后才透露了这件事，那他为什么不早点说呢？他完全可以在警方第一次问及不在场证明时提一提。如此一来，他就会被立即排除在嫌疑人名单之外。'Chez Fukami'餐厅的老板、老同事和心理科的医生都能为他做证，警方不信也得信。可朝仓先生就是不说，一直顶着嫌疑人的帽子。这不是很奇怪吗？"

"这么说起来……确实很奇怪。"

"要想解开这个疑问，不妨思考一下'不提恐刀症造成了怎样的后果'。"

"造成了怎样的后果……？"

"由于朝仓先生没有透露自己患有恐刀症一事，警方一直没有排除他的嫌疑，最终识破了他用替身实施的诡计。这就是'不提恐刀症造成的后果'。"

"你是说，朝仓想让我们识破他找替身收快递的诡计？这说不通吧？怎么会有人盼着警察识破自己煞费苦心实施的不在场证明诡计呢？"

"嗯，不会有人盼着警察识破自己煞费苦心实施的不在场证明诡计。既然是这样，那么唯一说得通的解释就是，制造不在场证明的诡计并没有被落实于行动。"

"啊？"

"朝仓先生实际并没有使用找替身收快递的诡计，所以他才想让警方误以为自己用了这招。"

我不禁哑然。

"朝仓实际并没有使用找替身收快递的诡计……？"

"没错。朝仓先生并没有把江岛先生用作自己的替身。9月16日下午3点2分，在朝仓家签收快递的就是朝仓先生本人。"

"那'赶到舅舅家时人已经死了'的说法岂不是……"

"朝仓先生撒谎了。我认为朝仓先生实际上并没有去过案发现场。线索就隐藏在朝仓先生对'前往舅舅家行凶'一事的供述中。"

"有这样的线索吗？"

"有的。朝仓先生是这么说的：他按了好几次门禁，但富宰先生没有接，于是他就擅自进屋了。由于富宰先生平时都待在起居室，他决定先瞄一眼起居室的情况。就在这时，他闻到了一股奇怪的腥臭味。走进起居室一看，才发现富宰先生倒在沙发前……我觉得这一段叙述有点儿不对劲。"

"哪里不对劲了？"

"按朝仓先生的说法，他是先瞄了一眼起居室，闻到了奇怪的腥臭味，走进起居室之后才发现了遗体。换句话说，他并不是'瞄了一眼起居室'就立刻注意到了遗体的存在。"

"啊！"我不禁喊出了声。直到此刻，我才认识到问题的所在。"还记得赶到现场以后，我和同事们透过起居室的门缝望去，一眼就看到了倒在沙发跟前的富宰健一。'瞄了一眼起居室'却没发现尸体，这显然是有问题的！"

时乃微微一笑。

"是的，这很不对劲。由此可见，朝仓先生实际并没有去过案发现场，只是听到了别人对现场的描述。

"想必是实际动手行凶的人告诉了朝仓先生，富宰先生仰面死在了沙发跟前。朝仓先生肯定去过案发现场好几次，所以他结合记忆中沙发摆放的位置编造了供词。但他并不知道，在9月14日，也就是案发两天前，富宰先生在家政阿姨的帮助下，把沙发、电视之类的家具转了九十度。从门口望去，可以看到左侧墙边摆着沙发，右侧墙边摆着电视。也就是说，在调整布局之前，电视在门口正对面的墙边，而沙发摆在电视对面。换句话说，沙发是背对着门口的。朝仓先生回想起来的肯定是这种布局。在这种状态下，仅仅在门口瞄一眼起居室确实无法发现倒在沙发跟前的遗体，因为有沙发靠背挡着。朝仓先生就是考虑到了这一点，才会告诉警方，他先在门口瞄了一眼起居室的情况，闻到了奇怪的腥臭味，走进起居室一看，才发现了遗体——其实他并没有去过案发现场，为了增强供述的可信度，才添加了种种细节，没想到弄巧成拙，反而露了马脚。"

时乃连这样的细节都能注意到，这份细腻的心思令我佩服得五体投地。

更令我惊讶的是朝仓"老实交代"自己去舅舅家行凶时的演技。没想到那些都是他编出来的，这演技简直跟他的表姐宇川莳绘有得一拼。

"可朝仓为什么要假装他用替身为自己制造了不在场证明呢？"

"要回答这个问题，不妨思考一下这个基于替身的诡计能带来怎样的效果。"

"能带来怎样的效果？"

"朝仓先生并不是唯一通过这个诡计获得不在场证明的人，还有一个人会因此受益。"

"还有一个？到底是谁啊？"

"那就是旁人眼中的替身，江岛先生。警方认定，他在案发当天下午2点至4点待在朝仓家做替身，所以他也有了不在场证明。"

我恍然大悟。可不是吗！

"为什么要以这种方式为江岛先生提供不在场证明呢？只可能是因为江岛先生才是杀害富宰健一先生的凶手。"

我本以为凶手不是井田泰明就是宇川莳绘，没想到半路杀出来一个出乎意料的真凶。见我一脸惊愕，时乃嫣然一笑：

"那就让我们重新梳理一下这起案件吧。9月16日下午2点到4点，江岛先生借故进入富宰家，用刀杀害了富宰健一先生。不过我也不清楚他究竟用了什么借口。

"与此同时，朝仓先生在家签收快递。为制造出将替身诡计付诸行动的假象，他做了很多手脚。

"首先，他提前撕开快递面单，取出签收联，按上指纹，用隐形墨水签字，再把面单按原样粘好，贴在包裹上，让江岛先生寄给自己。

"案发当天签收快递时，他预先在指尖上涂抹了胶水，这样签收联上就不会沾到指纹了。如此一来，就算警方事后仔细检验签收联，也不至于因为指纹的附着时间对不上而露馅儿。

"而且他收货时戴了墨镜，也没和快递员说话，这都是为了让警方怀疑签收快递的是替身。

"遗体被发现后，朝仓先生接受了警方的审问，却没有提及自己患有恐刀症，并声称案发时在家收快递，有不在场证明。

"警方推断出'签收快递的是替身'后，朝仓先生才承认他去过富宰家，企图行凶，但他到的时候，舅舅已经遇害了，还抛出恐刀症一事为自己洗清嫌疑。这种病害得他不得不辞去厨师的工作，但他反过来利用了这一点。

"朝仓先生的不在场证明就这样被推翻了，实际行凶的江岛先生却因此获得了不在场证明。第一起案件的不在场证明，只有被'瓦解'后才能'成立'。"

"原来是这样……"

也就是说，警方的调查也在朝仓的预料之中。只不过从严格意义上讲，瓦解其不在场证明的不是我们这些警察，而是时乃……

"朝仓和江岛可真傻啊！就算朝仓成功洗脱了谋杀舅舅的嫌疑，只要他承认自己企图行凶，那就是妥妥的犯罪预备行为。一旦被送进监狱，他就失去了继承遗产的资格。看来他俩都不知道遗产继承权是可以被剥夺的。不过富宰健一本就身无分文……"

"我倒觉得，他们都知道遗产继承权是可以被剥夺的。"

"可他们要是知道，就不会在计划里安排'承认企图杀害舅舅'这个环节了吧？"

"我认为朝仓先生和江岛先生杀害富宰健一先生的动机并不

是遗产。"

"不是为了遗产？"

"据我猜测，富宰健一先生一直在敲诈朝仓先生和江岛先生。"

"敲诈？"

"富宰健一先生看似腰缠万贯，其实身无分文，但他显然有某种获取生活费的渠道。如此想来，他很有可能是在敲诈别人。而他敲诈勒索的对象，也许就是朝仓先生和江岛先生。"

"好大胆的猜想……"

"确实有些大胆，可如果作案动机是遗产的话，我实在想不通江岛先生为什么要去做那个实际动手行凶的人。因为能得到遗产的终究是朝仓先生，而非江岛先生。也许是朝仓先生跟他说好了，只要他参与计划，就分一半的遗产给他，可谁能保证朝仓先生不会毁约呢？我不认为江岛先生愿意在前景如此不明确的情况下承担杀人的重责。假设朝仓先生和江岛先生都被富宰先生敲诈了，反而更合理一些。"

"那你觉得富宰手里的把柄是什么呢？"

"这个我也不太清楚，不过朝仓先生和江岛先生都遭到了敲诈，这说明富宰先生手里的把柄很有可能与'Chez Fukami'餐厅有关，因为他们曾在那里共事。"

饶是时乃，好像也无法推理出更多的细节了。

"警方误以为行凶动机是遗产，这正中了朝仓先生的下怀。

第一，这有助于隐藏他的真实动机。第二，有权继承遗产的只有富宰先生的三名亲属，因此警方不会怀疑与死者没有亲戚关系的江岛先生。第三，意图杀害富宰是会让朝仓失去遗产继承权的行为，所以警察做梦也不会想到，朝仓先生'要去舅舅家行凶'的供述是彻头彻尾的谎言。"

我忽然想起，朝仓在中川警署的会客室和两位表亲交谈的时候曾多次提及"凶手可能是冲着遗产去的"。直到此刻我才意识到，他一直在误导我们，想让我们以为争夺遗产就是其行凶动机。

而牧村警部跟他提起"丧失继承权"的条件时，他也装出了一副怅然若失的样子。

"第一起命案算是彻底搞清楚了。至于第二起命案……杀害朝仓的也是江岛吧？"

"应该是的。在杀害富宰先生之后，江岛先生产生了恐慌心理，生怕朝仓先生出卖他，于是除掉了同伙。

"朝仓先生对警方谎称他'企图杀害舅舅，但没有得手，去的时候舅舅已经遇害了'。这个时候立刻杀害朝仓先生，就能让警方误以为——'凶手离开富宰家的时候被朝仓先生撞见了，朝仓先生把这件事告诉了凶手，所以凶手要除掉他灭口'。考虑到这一点，江岛先生便实施了犯罪。

"江岛先生心想，朝仓先生和两位表亲走得很近，出事后至少用手机通过一次电话。看到通话记录，警察就会认定朝仓先生曾在电话里透露了自己目击到凶手一事。

"在第二起命案中，江岛先生并没有为自己伪造不在场证明。只要警方认定朝仓先生是因为撞见了杀害舅舅的凶手才被灭了口，江岛先生就不可能被列入嫌疑人名单，所以他没有伪造不在场证明的必要。"

"案发后，朝仓和江岛之间没有任何通话记录，他们是如何保持联系的呢？"

"也许他们另外准备了预付费手机。因为他们的计划考虑到了'朝仓先生接受警方审讯'这个环节。他们或许想到了，届时警方会调取他们的手机通话记录，所以他们联系对方的时候应该会用别的手机。"

✳

三天后，我来到"美谷钟表店"跟时乃报喜——江岛对犯罪事实供认不讳。

正如时乃推理的那样，富宰一直在敲诈朝仓和江岛。而富宰手里的把柄，就是他得知两人在"Chez Fukami"共事时，在食材采购环节搞过"小花样"：两人以虚高的价格向供应商采购食材，在中间挣了差价。起头的是朝仓，因为他赌博输了很多钱。由于他的厨艺相当了得，三十五六岁就当上了厨师长，深得老板的信任，所以供应商和采购金额的决定权都在他手上。朝仓却滥用了这份信任——虽说每次采购谎报金额与实际金额不过相差几万日元，但一年下来，也有三百多万日元进了他的腰包。后来，朝仓还把得力助手江岛拉下了水。当朝仓由于恐刀症不得不离开餐厅的时候，他推荐江岛继任，并为他创造了一手遮天的条件。

富宰从供应商那里听说了外甥的所作所为。那位供应商恰好是富宰的高中学弟，与富宰聚餐时，喝多后说漏了嘴。富宰起初也没当回事，谁知他后来因为投资失败输光了家底。关键时刻，他想起了这个把柄，对外甥和江岛进行了敲诈勒索。

朝仓和江岛的行为固然卑鄙，可利用此事敲诈勒索的富宰也不是什么好东西。在这起案件中，凶手和被害者都不值得同情。

时乃听着我的叙述，神情略显忧伤。

不过我这次来"美谷钟表店"，可不单单是为了报告江岛招认的喜讯。

"要不我们哪天一起吃个晚饭？我找到了一家很不错的餐厅，可以在钟表店打烊以后去。"

"啊？"她好像吃了一惊，睁大眼睛看着我。

"就当是那几个饭团的回礼。"

她莞尔一笑回答道："好呀。"

第四话

二律背反[1] 的假象

二律背反のアリバイ

---
[1] 二律背反是康德的哲学概念，指对同一个对象或问题所形成的两种理论或学说虽然各自成立，但又相互矛盾的现象。

1

又到了行道树的落叶随寒风飘舞的季节。

在阔别已久的假日午后，我迈入了鲤川商业街。

也许是因为十二月[1]的到来，往来顾客的脚步好像也匆忙了许多，身上的衣服都悄然变成了大衣和夹克——我也不例外。酒铺门口摆出了"香甜气泡酒新鲜到货"字样的广告板，西点店的橱窗上则贴着海报，写着"圣诞蛋糕火热预订中"。

夹在肉铺和照相馆之间的小钟表店映入眼帘。门面大概一间半宽，木制外墙看着很有年头，门口挂着"美谷钟表店"字样的招牌。

推门进屋，丁零零的钟声扑面而来。

只见一个身着工作服的姑娘正在柜台后修理钟表。听到动静，她一个转身，看着我面露微笑。这位就是店主美谷时乃。

"啊，欢迎光临！"

"不好意思，我又来找你帮忙推翻不在场证明了……"

---

[1]　十二月在日语中又称"师走"，即"因岁末祭祖习俗，僧人东奔西走前去诵经的时节"，因此人们总是将十二月与"匆忙"联系在一起。

我尴尬地说道。

之所以尴尬，是因为我和时乃的晚餐之约至今没能成行。9月那会儿，我们四组侦破了一起富翁凶杀案，嫌疑人是被害者的三个亲戚。时乃先后两次帮忙推翻了嫌疑人的不在场证明，但她硬说第一次推理不算成功，只肯收一次的费用。不仅如此，她还请我吃了早饭，所以我说好要请她去餐厅吃一顿，以示感谢。可偏偏在我们约好的那一天，新的案件不期而至，共进晚餐的计划就这么被无限期搁置下来。后来我更是忙得昏天黑地，迟迟没能履行承诺，调查工作又陷入了僵局。最后，我只好在假日光顾钟表店，委托她破解不在场证明。

"不是来约我吃饭的呀！"时乃倒没有这样的怨言，相反还喜滋滋地鞠躬说道，"多谢惠顾。"因为她酷爱推翻不在场证明，读小学的时候就在爷爷手下磨炼技艺了。搞不好比起我的邀约，破解不在场证明的委托更能让她欢欣雀跃，真是想想都叫人心酸……

"这次的不在场证明简直可以用'二律背反'来形容。"

我跟往常一样落座古董沙发，品尝了时乃端来的浓香绿茶。

"二律背反的不在场证明？"

时乃眨了眨眼。

"两起命案在同一时间发生在两个相距很远的地方，可嫌疑人竟然是同一个人！当然，两起案件毕竟是同时发生的，那个嫌疑人又不会分身术，照理说其中一起肯定是别人犯下的。可问题是，嫌疑人在两起案件中的作案嫌疑都很大，怎么想都只可能是他干的。实话告诉你吧，两起案件分别归那野县警局和警视厅管。眼下两边互不相让，都认定那个嫌疑人是自家管的案子的凶手。可是一旦坐稳了他在其中一起案子里的嫌疑，就等于是在帮他洗脱在另一起案子里的嫌疑。两边的警察都在想方设法证明自己的假设，结果就是两边的嫌疑都站不住脚。"

时乃听得两眼放光。

"二律背反的不在场证明……好稀奇呀！我从来没有遇到过这样的不在场证明，爷爷出的练习题里也没有。"

时乃的爷爷是钟表店的前任店主。当年他经常给时乃出练习题，训练她推翻不在场证明的能力。

"听起来很有挑战性，快讲给我听听吧。"

"好……"

我喝了口绿茶润喉，开始叙述案情。

2

11月5日星期一，下午1点刚过。晴空万里，连空气都是暖洋洋的，让人不由得联想到春天，真是一个典型的"小阳春"天气。

可我的心境与"阳春"二字相去甚远。本来我都跟时乃约好了，眼看着今天就能共进晚餐了，没想到偏偏在这个时候来了新案子。而调查启动的第一天总会忙到很晚，所以今晚这顿饭铁定是吃不成了。刚在那野县警局搜查一课的办公室听到案发的消息，我就假装去上厕所，趁机用手机给"美谷钟表店"打了个电话说明情况。时乃没有生气，还让我"加油查案"。亏得有她的鼓励，我那台风过境般的心情勉强恢复到了阴云密布的状态。接着，我又打电话给原计划要和她一起去的那家法式餐厅，取消了订座。等我忙完一通回到大办公室一看，同事们都往停车场去了，我只得赶紧追上。

我们来到了那野市连城町的幽静住宅区。案发现场是一栋独门独院的双层小楼。门口的铭牌上刻着"中石"二字。据说被害者就住在这里，名叫中石沙都子。

在牧村警部的带领下，搜查一课第二强行犯搜查四组的探员们钻过警戒带，进入案发现场，跟负责该片区的那野东署同事们打了招呼。

"谁发现的？"牧村警部询问那野东署的一名探员。

"是被害者的一个朋友，说是约好了今天跟她一起吃午餐，所以才来的。人在警车里等着呢。"

一进玄关便是起居室。只见一个女人仰面倒地，她身材苗条，身高直逼一米七，在女性中算是个子比较高的了。看着像三十多岁的年纪，眉目清秀，就是偏素净了些。她穿着深蓝的素色家居服，左胸周围被血染成了黑红色，身下的米色地毯上也有蔓延开来的血迹。尸体旁边的地上有一把布满血污的刀。

起居室里摆着沙发，沙发背上搭着一条棕色的连衣裙。不难想象，被害者应该是穿着这条连衣裙出过门，回家以后在起居室换了家居服，然后把连衣裙顺手搭在了不远处的沙发背上。

我们搜查一课对现场进行了粗略查看，然后就给一起赶来的鉴证人员腾了地方。因为在调查启动初期，现场勘验的优先级最高。而我们的任务就是利用这段时间找第一发现者了解情况，走访现场周边收集证词。牧村警部准备找发现者问话，点名让我负责记录。我们走向那野东署的警车，发现者就在车中等候。

第一发现者名叫三好幸惠，与被害者同龄。她身材富态，平时气色肯定不错，此刻却脸色煞白。

牧村警部向她表示了慰问。

"听说您是沙都子女士的朋友？"

"嗯。"

"两位认识多久了？"

"从大专那会儿算起，都快十六年了吧。"

"所以沙都子女士是三十四五岁？"

"三十五岁，和我一样……哎呀，说漏嘴了……"

三好幸惠笑了笑，但笑意转瞬即逝，大概是因为她想起了自己片刻前才目睹了好友的尸体。

"这房子好大啊！玄关口好像只有沙都子女士的鞋子，请问她平时是一个人住吗？"

"嗯，不过直到一年前，她都和她老公住在一起。"

"直到一年前？他们是离婚了吗？"

"没离婚，但她老公搬出去了，"话到此处，三好幸惠连忙补充道，"都是她老公不好！成天拈花惹草，搞得沙都子苦不堪言。她劝了又劝，可她老公根本听不进去，最后干脆搬出去了……"

"她先生叫什么？"

"我记得叫中石纯一。"

"您知道能在哪里找到他吗？"

"这……我只知道他在'极通广告'上班……"

"极通广告"是日本首屈一指的综合广告公司。

"新来的，通知被害者的丈夫。"

牧村队长一声令下，我立刻掏出手机，拨打了"极通广告"的总机号码。我告诉前台接待员自己是那野县警局的，想联系中石纯一先生，因为他太太出事了。大约一分钟后，一个男人接听了电话。他的声音低沉而富有磁性，乍一听还以为是配音演员。得知沙都子在家中遇害，他倒吸一口气，说立刻就来。

警部继续问话。

"沙都子女士对纯一先生是什么态度？"

"她嘴上说自己受够了，但好像还没彻底放下。要是她老公哪天回来了，她搞不好会兴高采烈地欢迎人家。"

"她这么爱纯一先生吗？"

三好幸惠苦笑道：

"嗯……好像是的。但我不太喜欢她先生那种人。"

"您见过他？"

"见过两三次。沙都子结婚的时候，还有她请我去家里做客的时候见过。"

"他是个什么样的人？"

"长得是挺帅的，但浑身上下散发着那种'我知道自己很有女人缘'的气场，反正我对他没什么好感。他的声音倒是挺好听的，是很有磁性的男低音。"

"您觉得沙都子女士有仇家吗？"

"怎么可能有啊！她才不是那种会招人忌恨的人呢。"

"也许凶手是纯一先生的外遇对象，她觉得只要除掉沙都子女士，自己就能上位了。沙都子女士有没有跟您提起过这样一个人？"

"没有啊，她好像都不知道老公跟谁勾搭在一起。"

"沙都子女士有工作吗？"

"她喜欢花，之前一直在花店工作，但最近身体出了点问题，所以辞职了。"

"那她有没有找新工作？"

"没有哎，不过她倒是跟我提过，想转行当护理专员[1]……"

"那她有没有在这方面跟人闹过矛盾？"

"没听说啊。"三好幸惠摇着头回答。

✳

鉴证课的同事们忙完后，我们重回现场。

验尸官推测，被害者死于昨天晚上9点至今天凌晨3点左右。更精确的死亡时间得等法医解剖的结果。

同事们在起居室的橱柜抽屉里找到了一个钱包，很有可能是被害者的。钱包里有三张万元纸钞、五张千元纸钞、一些硬币，还有信用卡和各种积分卡。除此以外，还有两张小票。一张是药妆店的，打印时间为2018年11月4日（昨天）下午2点45分。购买的物品包括厨房用品、化妆品和药品。另一张来自一家名叫"和乃时"的餐厅，打印时间为昨天下午6点3分。小票显示，她点了"秋意满满"套餐。

下乡巡查部长和我被派往"和乃时"了解情况。我用手机查了一下，得知这是一家创意日式餐厅，开在那野站附近的商业楼底层，从沙都子家走过去大约十分钟。我们是下午3点多到的，餐厅

---

[1] 即"介护福祉士"，通常就职于养老院、老人保健中心、医院及残障人士服务机构。需要接受培训，获取资格证书才能上岗。

门口挂着"休息中"的牌子。

见我们拉开店门，正在打扫卫生的女服务员说道："不好意思，我们傍晚5点才开门。"下乡巡查部长向她出示了证件。

"我们是来了解情况的，事关昨晚来过这边的一位客人。"

服务员神情一紧，忙道"请稍等"，闪身去了里屋。片刻后，她带回来一个四十岁上下的男人，介绍说他是店长。

我们在店长的带领下走进餐厅。店里有六个吧台座、两张餐桌外加两个榻榻米包厢。吧台上装点着按一定间距摆放的小号竹筒花器，里面插着菊花。我们围着其中一张餐桌坐下。

"这是不是你们家的小票？"

我出示了夹在透明证物袋里的小票。前辈想让我历练历练，于是安排我主导这次问话。

"对，没错。"

"我们想了解一下这位顾客的情况，能否把昨天负责接待的服务员请来？"

店长把刚才那位服务员叫了回来。

服务员在我们对面坐下，神情很是紧张。我给她看了那张收据。

"您还记得这位点'秋意满满'套餐的客人吗？是位穿棕色连衣裙的女士，三十五岁，长得比较素净，身高将近一米七，身材苗条。"

服务员回忆了一会儿，回答道："确实来过那样一位客人。她叫中石沙都子，提前一天打电话订了座的，是新客。"

"她是一个人来的吗？"

我问道。小票是一人份的，但她也许是跟别人一起来的，只是最后分开结账了而已。

"是的，就她一个人，坐了吧台的座位。"

"记不记得她从几点吃到了几点？"

"好像是下午5点多来的，6点多走的。"

"她的举止有没有什么不对劲的地方？"

"没有啊，她吃得可香了。不过她好像不太喜欢红味噌，只有味噌汤全程都没碰一下……"

记得好清楚啊，堪称服务员的楷模——我不禁暗暗赞叹。

我拿起桌上的菜单翻阅起来。沙都子点的"秋意满满"套餐包括秋日生鱼片拼盘、凉拌洋葱、菌菇鸡蛋卷、海带焖饭、鲍鱼红味噌汤、炭烤神户和牛配松茸以及日本栗子冰激凌，看起来相当诱人。定价三千日元。约时乃来这里吃好像也不错……哎呀，我在想什么呢！得集中精力查案子啊！我连忙摇头驱赶杂念，惹得下乡巡查部长投来诧异的目光。

✻

第一次搜查会议于当晚8点在管辖片区的那野东署举行。

就在下乡巡查部长与我走访"和乃时"的时候，中石纯一回到家中，见到了沙都子的遗骸，确认了死者的身份。以牧村警部为首的探员们在一旁察言观色，越看越觉得中石可疑。因为他那悲痛万分的神情给人以"刻意"的印象。被问及昨天（4日）晚上的行动轨迹时，他说他目前住在位于东京驹达的公寓，昨晚一个人待着，没人能为他做证。

在县立医科大学进行的法医解剖也出结果了。死者死因是左胸刀伤造成的心脏压塞。根据伤口的形状判断，凶器就是掉在尸体旁边的刀。胃内容物与沙都子在"和乃时"吃的菜式相符。结合消化状态，遇害时间为餐后五小时左右。而晚餐是下午6点左右结束的，所以可大致推测出死亡时间是4日晚上11点前后。

听到这里，负责走访现场周边的同事激动地举手发言："有人在那段时间目击到了疑似凶手的人！"

原来案发现场对面那户人家住着一位备战高考的学生。他的房间在二楼，正对着现场。4日夜里，他跟平时一样用功到深夜。谁知夜里11点多，外面传来了金属碰撞的响声。透过窗户望去，只见一个人影正要离开沙都子家。大概是此人走得匆忙，用力关上了院门，所以才弄出了声响。这个可疑人物上身穿夹克，下身穿牛仔裤，帽檐拉得很低，戴着眼镜和口罩，所以看不清长相。但证人表示，他的个子和身材与中石颇为接近。

中石就这样成了头号嫌疑人。

3

第二天（11月6日），我与下乡巡查部长前去找中石问话。

警方昨天就留了他的手机号。打过去一问，他说他在那野市市立殡仪馆操办沙都子的守灵会和葬礼。

该殡仪馆位于市郊。我们开警车赶到时已经是下午3点多了。中石在殡仪馆大堂迎接我们。他四十五六岁，个子不高，但长得相当英俊，穿了一套深色西装当丧服。虽然我跟他通过电话，但后来我和下乡巡查部长去了"和乃时"调查，之后又忙着走访现场周边，所以这还是我第一次见他。

"请节哀顺变。"

下乡巡查部长用平静的声音说道。

"谢谢。"

中石鞠躬致意。阴沉的气氛与他低沉而富有磁性的声音相得益彰，乍看好似电视剧里的一场戏。

"您太太的遗体已经送来了？"

"对，安放在守灵会场了。"

中石带领我与下乡巡查部长前往会场。灵柩安放于会场之中，正前方挂着沙都子的遗像。据说守灵会是今天下午6点开始，所以宾客都还没到场。我们双手合十，愿逝者安息。

"还没查清是谁干的吗？"中石问道。

"很抱歉，还没有进展。"我如此回答，"请问有没有人对您太太怀恨在心？"

"我是一点儿头绪都没有，毕竟沙都子不是那种会招人忌恨的女人。"

"恕我冒昧，听说您和太太的关系并不融洽，原因是您在外面交了好几个女友。她们有可能对您太太心怀恶意。如果您不介意的话，可否提供一下她们的姓名？"

中石皱起眉头。

"您问得倒是够直接的。没错，我确实在外面交过几个女朋友，但都是随便玩玩的。她们也都拎得清，所以不会对沙都子产生什么恶意。"

"也许人家并不是这么想的，只是您一厢情愿罢了。为了核实这一点，请提供一下她们的信息。"

"我拒绝。我很清楚她们与命案无关，没必要把她们的信息告知警方。"

中石态度坚决，拒不提供外遇对象的信息。莫非对方也是有夫之妇，因此他不想把事情闹大？还是说他怀疑命案是女友犯下的，想包庇她？算了，我们有的是办法查出他跟谁有婚外情。而且眼下的头号嫌疑人就是中石本人。

"那么，可否请您回忆一下，4日晚上11点左右您在什么地方？"

中石表情一僵。

“你们问我晚上11点左右在哪儿是什么意思？沙都子就是在那个时候出事的吗？”

“没错。”

“警方怀疑到我头上了？”

“不，我们只是按程序办事，每个和案件有关的人都要问的。”

“我昨天不是都说了，我现在住在驹込，4日晚上一直都待在家里。”

“不对啊，有人告诉我们，他在4日晚上11点多亲眼看到您走出位于那野市连城町的家。”

“谁说的？简直是胡说八道！”

“您不承认？”

“当然不承认，因为他看错了！那天晚上，我一直都在驹込的公寓。”

“有人跟您在一起吗？”

“我昨天也说了，我是一个人在家。”

“也就是说，没人能为您做证？”

“很遗憾，确实没有。”

我变换角度反复询问，可中石拒不透露女友的信息，而且一口咬定他案发当晚11点左右身在驹込的公寓。换下乡巡查部长来问，结果也是一样。最终，我们一无所获地离开了殡仪馆。

“你觉不觉得中石刚才的表现不太对劲？”

回到警车后，副驾驶席上的下乡巡查部长嘀咕道。

"不太对劲？"

我握着方向盘反问。

"嗯。他明明是头号嫌疑人，而且还没有不在场证明，却完全没有表现出害怕的样子，浑身上下都透着一股天不怕地不怕的自信。"

"听您这么一说，好像还真是。"

"我总觉得……他还留了一招保护自己的'撒手锏'。"

"保护自己的撒手锏？"

"比方说，他其实是有不在场证明的……"

不久后浮出水面的事实证明，下乡巡查部长的直觉正中靶心。

4

听完我们的汇报，搜查总部决定在沙都子的葬礼之后请中石回署里协助调查。我们几乎可以肯定凶手就是他，可惜没有足够的证据申请逮捕令。我们想先把人"请"回来，来一场深度审讯，再借机寻找关键证据。

第二天（7日）上午9点多，牧村警部、小西警部补、下乡巡查部长和我赶赴那野市立殡仪馆。葬礼将于上午10点开始，于是我们提前十分钟入场，在最后一排钢管椅落座。

中石坐在丧主的位置，旁边坐着沙都子的父母。第二排之后以女宾为主，看着像沙都子的朋友，发现尸体的三好幸惠也在其中。见我们来了，她便跟身旁的朋友交头接耳起来。那位朋友立刻回头望向我们这边，又对她身边的朋友低语了几句。我就这样接受了好几位女宾的"注目礼"，简直如坐针毡。

就在这时，四个男人在最后一排的空位坐了下来。他们个个穿着西装，眼神犀利，每一个动作都干净利落。连资历尚浅的我都立刻反应了过来——这是碰上同行了。

对方似乎也察觉到了我们的存在。只见一个四十多岁的男人向我们走来，一看就是柔道好手。

"打扰了，请问诸位是不是那野县警局搜查一课的？"

他低声问道。牧村警部也轻声回答：

"没错，你们几位是？"

对方亮出证件：

"我们是警视厅搜查一课的。"

我粗粗扫了一眼对方的证件，上面写着"警视厅搜查一课第三强行犯搜查五组组长　权藤亮平"。既然是组长，那职级应该也是警部。

"什么风把警视厅搜查一课吹来了？而且您怎么知道我们是那野县警局搜查一课的？"

权藤警部没有正面回答。

"我们有些事想跟几位沟通一下，能不能出去谈谈？"

牧村警部点头同意。八个警察齐齐来到走廊，那野县警局与警视厅各占了一半。

权藤警部开口说道：

"那野县警局是不是怀疑中石杀害了他的妻子沙都子，想把他带回去协助调查？"

"您的消息还挺灵通。我看你们也来了四个，是协助调查还是直接逮捕？"

"协助调查。11月4日夜里，东京大田区三木町有一名女性遇害，中石有作案嫌疑，所以我们也打算带他回去协助调查。"

"11月4日夜里？那可真是巧了，中石的妻子也是那天晚上遇害的。警视厅是怎么怀疑到中石头上的？"

"因为被害者是中石的情人，中石似乎觉得她是个累赘。此外，有人在案发时间目击到了疑似中石的人。"

"案发时间是？"

"当晚11点左右。"

我大吃一惊。牧村警部也难掩惊讶。

"当晚11点左右？那就可惜了，你们要找的凶手肯定不是中石。"

"此话怎讲？"

"因为我们推断中石就是在那个时候杀害了他的妻子。"

"恐怕我得把这句话原样奉还给几位：你们要找的凶手肯定不是中石，中石并没有谋杀他的妻子。因为那段时间，他正忙着对付情人，分身乏术。"

两位警部针锋相对，局势一触即发。我不禁纳闷儿：这到底是怎么回事？肯定是警视厅搞错了。

牧村警部说道：

"警视厅怎么知道中石沙都子遇害了？我们那野县警局根本不知道中石的情人也遇害了。"

"我们昨天找过中石，当时他亲口告诉我们'那野县警局好像在怀疑我杀害了妻子沙都子'。"看来昨天中石在殡仪馆接待完下乡巡查部长和我之后，还接待了警视厅的人。对方接着说："我们警视厅这才得知中石沙都子遇害一事。"

"那你们本可以立刻将情人那起案子的信息共享给我们那野县警局。"

"我们现在不就是在共享信息吗？！不过是迟了一点，这又如何？"

气氛仍然不太融洽。

就在这时，门后传来殡仪馆司仪的声音："中石沙都子女士的葬礼即将开始。"

"回头再说。"

权藤警部嘟囔了一句，带着下属走回会场。我们紧随其后。

✱

葬礼结束后便是出殡的环节。中石扶灵前往殡仪馆附设的火葬场。那野县警局和警视厅的两拨探员三三两两地坐在殡仪馆大堂的长椅上，静候中石的归来。

一个半小时后，怀抱骨灰盒的中石终于现身了。探员们全体起立，将他团团围住，像极了向明星索要签名的粉丝。中石环视我们，似乎吃了一惊。牧村警部和权藤警部同时开口说道：

"我们是那野县警局搜查一课的，请跟我们回去协助调查。"

"我们是警视厅搜查一课的，请跟我们回去协助调查。"

中石似是犯了愁，但脸上好像有一抹转瞬即逝的笑意，不过这也许是我的错觉。

斟酌片刻后，中石说道："那我去警视厅那边吧——不过能不能让我先回一趟驹込的公寓，把骨灰盒放下再说？"

警视厅的同行得意扬扬地把中石请上警车，扬长而去。而我们那野县警局的探员们只得迈着沉重的步伐钻进车里。中石选了警视厅，而非那野县警局，这让大伙很受打击。

✳

　　回到搜查总部后，牧村警部跟权藤警部通了电话。经过商议，双方决定共享案件信息。当天夜里，警视厅就通过邮件把情人遇害一案的详细资料发了过来。

　　被害者名叫河合亚希，三十一岁。案发现场就是她家，位于大田区三木町的"彦根公寓"401室。11月5日下午2点左右，她的母亲从老家富山前来探望，却发现女儿陈尸于卧室之中。被害者的左胸被人用刀捅伤，出血量极大，地毯一片血红。刀则掉在尸体旁边。

　　亚希身着奶白色的印花家居服。她脱下的黑色毛衣和绿色格纹紧身裙摊在床上，乱糟糟的。不难想象，她穿着那身衣服出过门，回家以后，在卧室换上了家居服之后遇害的。

　　母亲最后一次与女儿通话是4日晚上8点不到。亚希家没装固定电话，所以母亲打的是女儿的手机。母亲在电话里说她想第二天下午去一趟东京，在女儿家住两三天。厨艺不错的母亲问道："我去你家给你做点什么吃吧，想吃什么呀？"而亚希的回答是"要不弄点洛林乳蛋饼吧"。母亲本想多聊几句，但亚希显得焦躁不安，撂下一句"回头再聊"就把电话挂了。

　　亚希的钱包里有一张餐厅的小票。餐厅名叫"马赛亭"，小票上有4日晚上9点5分的时间戳。"马赛亭"是一家大众法式餐厅，从被害者家走过去大约需要十五分钟。

据说亚希是两天前订的座。服务员还记得她在当晚8点不到来到餐厅，独自在吧台座用餐，直到晚上9点。母亲给亚希的手机打电话时，她很快就挂了电话，听着好像有事要忙，这可能是因为她正要进餐厅，不想因为聊久了迟到。服务员还说，亚希好像很满意当晚的菜式，说"我今天是第一次来你们家，味道挺不错的，以后有机会再来尝尝"。

法医解剖显示，死亡时间为餐后两小时左右。鉴于亚希是晚上9点左右吃完的，她的死亡时间应该是晚上11点前后。

亚希任职于某印刷公司，负责与"极通广告"相关的业务。警视厅走访了她的同事和朋友，发现她与"极通广告"的业务联系人中石纯一是情人关系。她的手机里也确实存了几十张与中石的合照。据说亚希深陷于这段感情而无法自拔，频频要求中石与妻子离婚，却得不到回应。她还跟朋友抱怨过，说中石好像不止她一个女友。

经过多方走访，警视厅找到了一位目击证人。此人是深夜归来的上班族，案发当晚11点多，他在"彦根公寓"见过一个疑似中石的人，据他说，他在公寓门口跟一个上身穿夹克、下身穿牛仔裤的男子擦肩而过。对方把帽檐拉得很低，戴着眼镜和口罩，显得十分可疑，举手投足也鬼鬼祟祟的，因此给上班族留下了深刻的印象。受帽子、眼镜和口罩的影响，上班族没能看清对方的长相，但据说两人差点儿迎头撞上的时候，对方说了一句"不好意思"，声音低沉而富有磁性，跟配音演员有得一拼。低沉而富有磁性的声音——这正是中石的特征。

会不会是中石嫌亚希碍事，于是下狠手除掉了她？警视厅搜查一课将中石视作头号嫌疑人，于是在6日前往那野市立殡仪馆，找到正在操办后事的中石，询问其不在场证明。中石的回答是，他4日晚上11点左右待在驹込的公寓里。

警视厅调查一课从他口中得知，与他分居的妻子沙都子于4日夜里死在了那野市连城町的家中，而其遇害时间几乎与亚希相同。如果是中石杀害了亚希，那他就不可能是杀害妻子的凶手，因此警视厅认定亚希的案子和沙都子的案子没有关联，于是也没有立即与那野县警局通气。11月7日，警视厅决定再次前往那野市立殡仪馆，让中石在葬礼结束后跟他们回去协助调查。

警视厅发来的邮件里不光有案发现场的照片，还有几张亚希生前的照片。浓妆艳抹的她明艳动人。有一张照片看着像在立食派对上拍的，只见照片上的她身材修长，几乎跟身材偏矮的男人一般高。

那野县警局搜查总部围绕亚希的死亡时间——"晚上11点左右"展开了热烈的讨论。从那野市连城町到东京大田区的三木町，无论是开车，还是电车加步行，都需要花一个半小时左右。晚上11点前后于连城町杀害沙都子的中石绝对不可能在同一时间出现在三木町杀害亚希。因此亚希一案的凶手不可能是中石。警视厅完全搞错了调查方向。

问题是，警视厅不会轻易接受我们的质疑。不仅如此，他们还有可能一意孤行，以谋杀亚希的嫌疑逮捕中石。要是警视厅抢先抓人，那野县警局的调查工作恐怕会受到严重的影响。因为我们也需要请中石回来协助调查。

警视厅只是请中石"协助调查"而已，所以他今天晚上可以回自己家。我们必须在明天一早把他带回来，免得警视厅再把人抢走。于是，第二天（8日）早上7点，包括我在内的四名探员便赶到了位于驹込的中石家。

"哟，你们来得还挺早。"

中石开门一看，便微笑着对我们说道。看来警视厅的人还没到。

"我们想找您了解一下情况，能否来一趟那野县警局？"

"行啊。昨天去了警视厅，今天就去你们那儿吧。"

"不影响您上班吧？"

"不碍事，我这周都请假了。"

我们把中石带回了搜查总部所在的那野东署，立即开展审讯工作，奈何他全程"打太极拳"，反复强调案发当晚自己一直待在驹込的公寓，就是不认罪。虽说有证人目击到疑似中石的人在晚上11点多离开了位于那野市连城町的沙都子家，但他一口咬定

"那人肯定是看错了"。可惜我们手上并没有决定性的证据，无法更进一步。

搜查总部在审讯中石的同时着手核实他的行凶动机。同事们走访了沙都子的朋友和父母，以了解她和丈夫之间的矛盾有多严重。结果显示，沙都子虽然与中石分居了，但死活不同意离婚。如果中石有意与亚希结婚，拒绝离婚的妻子就是最大的阻碍。

同事们还从沙都子的父母那里收集到了耐人寻味的证词。据说沙都子曾半开玩笑地对他们说："我有点儿讨厌秋天了。""秋天"和"亚希"在日语中发音相同。沙都子讨厌秋天，会不会是因为这个季节让她联想到了丈夫的情人？这意味着沙都子知道亚希这个人的存在。既然如此，她就有可能为了争一口气拒不离婚，致使中石痛下杀手。

被问及此事时，中石如此回答："我从没有过要跟沙都子离婚的念头。毕竟我们当年是因为相爱才走到了一起。再说了，她应该也不知道亚希的存在。"总之，就是拒不承认他有杀害沙都子的动机。

第二天（9日），警视厅抢先带走了中石。10日上午则是那野县警局捷足先登……两边陷入了一场比谁起得早的拉锯战。

于是乎，中石是两边各去了两次。然后在11月11日早晨，中石聘请的律师同时向警视厅和那野县警局抗议：

"我的委托人中石先生成了同一时间发生的两起命案的嫌疑

人，分别接受了警视厅和那野县警局的审讯。他显然不可能同时犯下两起命案，但警视厅与那野县警局连日以来对他进行了反复审问，无情地践踏了他的人权。请双方立刻停止这种行为，迅速撤销对中石先生的指控。"

律师的抗议无懈可击。经过协商，那野县警局和警视厅决定暂停抢人大战，召开联合搜查会议。两边又围绕"在哪边开会"的问题争论了半天，最终把开会地点定在了警视厅——因为警视厅的会议室更宽敞。

✳

11月12日，那野县警局一行人远赴东京千代田区，来到了位于霞关的警视厅总部大楼。这栋楼经常出现在新闻画面和刑侦剧里，地上十八层，地下四层，可谓气势恢宏。抬头望去，好不震撼。

"好高啊……"小西警部补喃喃道。

"县警局的总部大楼是地上九层，这几乎翻了个倍啊……"比我略早入组的前辈若林巡查说道。

"人家的预算肯定比咱们多一倍还不止。"

我们被带进了一间大会议室。房中摆满了钢管椅，离门较远的那一边已经坐满了警视厅的同行。那野县警局来的人都坐在靠门的那一边。牧村警部和权藤警部背靠墙上的白板，面对台下的探员。

两拨人草草寒暄了一番，只是会场的气氛冷冰冰的。这也难怪，毕竟在过去的几天里，双方都在想方设法坐实中石在自家负责的命案里的嫌疑，而这等于是在帮其洗脱在另一起命案里的嫌疑。而且那野县警局和警视厅的辖区是紧挨着的，所以两家的关系一直不太好。

权藤警部开口说道：

"我们警视厅十分肯定，中石就是杀害河合亚希的凶手。而那野县警局的同事们也很肯定，是中石杀害了他的妻子沙都子。大家都是刑侦专家，两边的侦查都不太可能出错。既然如此，与其认定其中一方找错了人，倒不如假设两边的怀疑方向都没错。也许中石是用某种方法在同一时间分别在两地犯下了两起命案。大家不妨探讨一下，什么方法能获得这种作案效果。"

坐在一旁的牧村警部点了点头。权藤警部环顾在场的探员们，问道：

"大家有什么想法没有？想到什么尽管提，不要有顾忌。"

"我认为中石十有八九是有同伙的。他只杀了其中一个，另一个是同伙杀的。"

一位警视厅的同人作了发言。台下议论纷纷，很多人表示赞同。

"嗯，这是最容易联想到的一种情况。"

权藤警部站起身来，在后方的白板上写下两个大字："同伙"。

"可是让同伙完成另一起命案，是不是太简单粗暴了一点？"

小西警部补说道。

"简单粗暴？"

之前发言的警视厅同人一脸不爽。

"是的。如果真是这种情况，那么我们一旦查明同伙的身份，他的不在场证明就会立即土崩瓦解。如此伪造不在场证明未免太简单粗暴了一些。中石的态度透着一种目中无人的自信。如果他真为自己制造了不在场证明，那肯定是更复杂、更不容易被推翻的，不会是'让同伙动手'这么单纯的法子。"

我很同意小西警部补的看法。"借助同伙"这样的方法无法解释中石浑身上下洋溢着的自信。

牧村警部清了清嗓子。

"咳咳……这个思路确实有点儿简单粗暴，但也确实是最容易想到的法子。排查同伙——我想把这条列为今后的首要调查方针，大家有没有异议？"

说着，他望向权藤警部。警视厅这边的领导点了点头。

"我同意，就按这个思路查下去吧。"

牧村警部继续说道：

"难得大家共聚一堂，不如再讨论一下中石还可以用什么样的方法伪造不在场证明吧。"

若林巡查说道：

"既然两位被害者都是被刀捅死的，那中石有没有可能制作出某种可以自动弹射刀具的机关呢？"

"自动弹射刀具的机关？"

"比方说，他可以把刀绑在十字弓的箭头上，再用绳子把扳机和门连起来。如此一来，只要有人开门，十字弓就会自动发射。在被害者打开房门的那一刻，刀就会飞向她的胸口。被害者是晚上11点左右死亡的，但尸体过了很久才被发现，所以凶手应该有充足的时间收拾机关。"

另一位警视厅同人说道：

"这种机关的成功率怕是高不到哪儿去……而且这种假设无法解释两位被害者为何都在11点左右遇害。难道她们刚好都在11点左右触发了机关不成？哪有这么巧的。"

若林巡查好像也只是随口说说。见有人反驳，他便说了句"也是"，并未坚持己见。

就在这时，身旁的下乡巡查部长对我低声说道：

"新来的，有好主意没有？"

从去年到今年，只要碰上嫌疑人有不在场证明的案子，我都会委托"美谷钟表店"的店主代为推翻。但我又不能让上头知道我把调查机密泄露给了平民百姓，只能假装那些推理都是我自己想出来的。久而久之，我就成了组里公认的"不在场证明专业户"。

"这个……"

就在我绞尽脑汁的时候，一个想法突然从天而降。我一举手，牧村警部就立刻点了我的名，那表情仿佛在说："你可算是开口了！"

我起身发言：

"也许沙都子和亚希是在案发当晚11点左右一起死在了其中一方的家里，然后中石再将另一方的尸体挪到了她原本的住处。尸体是死后很久才被发现的，所以中石有足够的时间做这样的手脚。"

听到这话，警视厅的同人说道：

"两位被害者都是被刀捅死的，家中的地毯上也有大量的血迹。她们确实是在各自家中遇害的，这一点毫无疑问。"

啊！把地毯上的血迹给忘了……我的假设就这样被轻而易举地推翻了。

到头来，在场的众人也没提出更具说服力的假设。权藤警部做了总结陈词：

"那接下来就重点排查有可能犯下其中一起命案的同伙吧。"

❋

那野县警局与警视厅都铆足了劲，只求比对方更早揪出中石的同伙。双方都对中石身边的人物进行了反复排查，却愣是没发现一个可疑人物。中石仍在"二律背反的不在场证明"的大伞之下，安然无恙。

我总觉得……他还留了一招保护自己的撒手锏——遥想守灵会那天，下乡巡查部长在离开殡仪馆的路上对我嘀咕了这么一句。事实证明，他的直觉非常准确。资深刑警的第六感果然厉害，我真是心服口服。

日子一天天过去，流言四起，人心惶惶。有人说警察厅即将介入此事，要求那野县警局与警视厅中的一方撤销对中石的指控。如此一来，不在场证明的问题便能迎刃而解，另一方也能逮捕中石，提起公诉。我觉得警察厅肯定干不出这种事，可万一真走到了这一步，压力更大的必然是人微言轻的那野县警局。杀害沙都子的凶手显然就是中石，都查到这个份儿上了，岂能功亏一篑？必须赶在最糟糕的情况发生之前瓦解中石的不在场证明……

于是我下定决心，求助"美谷钟表店"。

5

"当警察可真不容易呀……"听完我的叙述，时乃瞠目结舌，"我平时只需要修修钟表，顺便推翻一些不在场证明，跟您比起来真是轻松多了呢。"

我觉得明明"顺便推翻一些不在场证明"的难度更高。

"怎么样？有希望推翻中石的不在场证明吗？"

饶是时乃，恐怕也无法轻易瓦解这次的不在场证明吧？！毕竟那野县警局和警视厅都被难倒了……我诚惶诚恐地发问，时乃却莞尔一笑，点头回答：

"时针归位——中石先生的不在场证明已经土崩瓦解了。"

时乃推翻不在场证明的速度总是令我叹为观止。两拨警察讨论了好几天都没头绪的不在场证明，在她手里竟如此不堪一击……她的脑子究竟是怎么长的啊？

"推翻不在场证明的关键，在于沙都子女士的朋友提供的证词。她说沙都子女士很喜欢花，之前一直在花店工作，但最近身体出了点问题，所以辞职了。那么'因为健康问题辞职离开花店'这一点意味着什么呢？

"最容易联想到的可能性是，她也许因为频繁搬运重物伤到了腰。我听说花店的工作人员需要经常搬运花盆、袋装肥料之类的重物，所以腰背很容易受伤。

"但沙都子女士的朋友说，她想转行当护理专员。护理专员需要抱扶病患，腰部有伤的人恐怕不会选择这样的职业。"

"她要是没伤到腰，还能在花店搞出什么健康问题啊？"

"还有一种可能性是——沙都子女士对某种东西过敏了。"

"过敏？"

"是的，花粉可以引发过敏。据说在花店这种鲜花密集的空间工作的人很容易患上花粉过敏症。症状包括流鼻涕、打喷嚏、皮疹和眼睛发痒，每一样都很折磨人，因无法忍受这些，故而选择辞职也很正常。"

提起花店的环境，我只会联想到"时髦""好看"这样的字眼，没想到花店的店员这么不容易。

"各种各样的花都能引起过敏，但我猜测，沙都子女士应该是对菊花过敏。"

"为什么啊？"

"您刚才说，沙都子女士对父母说过这么一句话——'我有点儿讨厌秋天了'。警方还以为沙都子女士知道亚希女士的存在，而'秋天'和'亚希'的发音是一样的，于是她就'恨屋及乌'，对秋天产生了厌恶。可她要是对花过敏，就能从另一个角度解释这句话了。也许沙都子女士是对秋天的花产生了过敏反应，所以才开始讨厌秋天的。而在秋季的花卉中，最容易引起强烈过敏反应的就是菊花。当然，因为电照补光栽培等技术的发展，现在我们一年四季都能买到菊花了，但流通量最大的终究是秋天。据说沙都子女士是最近才辞职离开花店的，那么她很有可能是因为长年在花店工作对菊花产生了过敏反应，到了今年秋天，她又因为频繁接触批量上市的菊花，产生了特别严重的过敏反应，实在无法忍受，这才辞去了工作。"

我压根儿没往这个方向想过，因此听得目瞪口呆。

"那就让我们假设沙都子女士对菊花过敏，继续梳理下去。对照这个前提，我们就很容易发现疑点。您说您去'和乃时'餐厅了解情况的时候，吧台上装点着按一定间距摆放的小号竹筒花器，里面插着菊花。而且案发当天，沙都子女士是坐在吧台边用餐的，那她为什么没有出现过敏症状呢？"

我心头一凛，立刻回忆起了服务员的证词中提到"她吃得可香了"。如果沙都子对菊花过敏，那就必然会流鼻涕、打喷嚏、眼睛发痒……怎么可能津津有味地吃完一餐饭？

"唯一说得通的解释，就是案发当天在'和乃时'用餐的沙都子女士是冒牌货。"

"冒牌货？"

"您去餐厅了解情况的时候，有没有向服务员出示沙都子女士的照片？"

"没有。我只出示了沙都子钱包里的小票，然后跟服务员描述了一下她当天的衣着、长相和年龄。"

"那么当天在店里用餐的就完全有可能是一个跟她穿着同款棕色连衣裙、化着和她一样的妆、年龄也和她差不多的冒牌货。至于小票，只需要把冒牌货用餐后拿到的小票塞进沙都子女士的钱包就可以了。近年来，出于对隐私的尊重，报纸和电视报道案件的时候都不太放被害者的照片了，所以服务员也不太可能因为看到照片意识到'我那天接待的不是这个人'。"

"那个冒牌货是谁啊？"

时乃笑而不答，继续说道：

"再看亚希女士那边，那起案子里也有一个疑点。"

"疑点？什么疑点？"

"您知道洛林乳蛋饼吗？"

"知道，亚希的母亲跟女儿通电话的时候，亚希点了这道菜，希望母亲第二天来东京的时候做给她吃，不过我不太清楚它到底是一道什么样的菜。"

"洛林乳蛋饼（Quiche Lorraine）是法国洛林地区的传统美食，做法是把蛋液、鲜奶油、培根、洋葱等材料倒入饼皮，加以烘烤。很多日本的法式餐厅都用一块洛林乳蛋饼当开胃菜。"

"啊？……"

"疑点就在这里——跟母亲打电话的时候，亚希正要走进一家法式餐厅，而晚餐的开胃菜很可能就是洛林乳蛋饼。那她为什么还要跟第二天来东京的母亲点这道菜呢？照理说，再喜欢洛林乳蛋饼的人也不会想要连吃两天的。而且亚希女士的母亲厨艺不错，她完全可以点别的菜式。"

"这么说起来，确实是有点儿奇怪。那亚希为什么要点洛林乳蛋饼呢？"

"因为她没打算去法式餐厅。"

"啊？她不是去了吗？"

"那就换一个说法——去'马赛亭'用餐的亚希女士是冒牌货。真正的亚希女士没打算在那晚吃法餐。所以她才跟母亲点了洛林乳蛋饼。"

"冒牌货？"

"冒牌货穿着跟亚希女士一样的衣服，化了跟她一样的妆，而且与她年龄相仿。至于钱包里的小票，也是冒牌货在'马赛亭'用餐后拿到的。"

"沙都子是冒牌货，亚希也是冒牌货……这到底是怎么回事啊？"

就在这时，一种耸人听闻的可能性闪过我的脑海。时乃大概察觉到了我神情的变化，微笑着说道：

"看来您也反应过来了。这两起案件有着密切的关联。那我们是不是可以这样假设：亚希女士冒充了沙都子女士，而沙都子女士冒充了亚希女士。"

"你的意思是，沙都子和亚希互换了身份？"

"没错。在这个前提下，下午5点到6点在'和乃时'用餐的就是亚希女士，而晚上8点到9点在'马赛亭'用餐的则是沙都子女士。亚希女士是餐后两小时遇害的，因此她真正的死亡时间是晚上8点左右。沙都子女士是餐后五小时遇害的，因此她真正的死亡时间是第二天午夜2点左右。两人的死亡时间相隔六个小时，所以中石先生是可以犯下两起命案的。"

"可以是可以……但沙都子和亚希为什么要伪装成对方呢？"

"她们都被中石先生骗了。中石先生让沙都子女士帮自己谋杀亚希女士，又让亚希女士帮自己谋杀沙都子女士。"

"让她们做自己的帮凶？"

"是的。我猜他是这么跟沙都子女士说的——我去杀了亚希，然后你再假扮成她的样子，晚上8点到9点去餐厅吃饭。这样就能把警方推测的死亡时间推后，保证我有不在场证明……

"与此同时，他又对亚希女士提议：'你假扮成沙都子，下午5点到6点去餐厅吃饭。我会把沙都子关起来，过很久再给她吃点儿东西，然后杀了她。于是警方就会认定沙都子6点刚过就死了，那样我就有了不在场证明……'

"可事实上，中石先生的计划是一并除掉沙都子女士和亚希女士。"

"原来是这样"这几个字都到嘴边了，我却想到了一处解释不通的地方。

"等一下！沙都子去的'和乃时'是日式餐厅，亚希去的'马赛亭'是法式餐厅，两边的菜式和食材肯定是不一样的。如果两人互换过身份，法医解剖检测出的胃内容物和她们各自点的菜应该是对不上的吧？"

"您说'沙都子女士'在'和乃时'餐厅点的是'秋意满满'套餐，包括秋日生鱼片拼盘、凉拌洋葱、菌菇鸡蛋卷、海带焖饭、鲍鱼红味噌汤、炭烤神户和牛配松茸和日本栗子冰激凌。除了鲍鱼红味噌汤，其他菜式一旦经过咀嚼进入胃部，就很难跟法式餐厅使用的食材区分开了。刺身约等于开胃菜法式咸鱼。凉拌洋葱和菌菇鸡蛋卷约等于另一道开胃菜，加了菌菇的洛林乳蛋饼。炭烤和牛约等于主菜牛排。搭配和牛的松茸在咀嚼之后也跟其他菌菇差不了多少。至于海带焖饭，大众法式餐厅一般会提供面包和米饭这两种主食供顾客选择。只要选米饭，再把饭吃进肚子里，就没人看得出来这些米饭是不是加了海带焖出来的。这个季节的法式餐厅一般都用栗子味冰激凌当甜点，跟日式餐厅的日本栗子冰激凌差别也不大。唯一有可能引起警方怀疑的就是味噌汤里的味噌，因为法餐用不到这种食材。所以伪装成沙都子女士的亚希女士以‘自己不爱吃红味噌’为借口，全程没碰味噌汤。据我猜测，假扮亚希女士的沙都子女士大概也以‘自己不爱吃某种东西’为借口，故意没吃日本菜不会用到的食材。

"当然，如果两位被害者去的是同一类餐厅，就不必刻意剩下红味噌汤了，但中石先生可能是担心，要是让两人去类型差不多的餐厅，警方会更容易注意到她们互换了身份。所以他才安排两人去不同类型的餐厅用餐，并且尽可能选择了食材相似的菜式。"

"可是‘因为味噌是法餐用不到的食材，所以要刻意避开’的前提是亚希会死，还要做法医解剖吧？亚希怎么肯接受这样的安排呢？沙都子也一样……"

"中石先生用虚假的犯罪计划蒙骗了她们，让她们假扮对方，给自己制造不在场证明。据我猜测，他应该是这么叮嘱她们的——'你假扮的那个人不喜欢吃这几种东西，所以你去餐厅的时候也别吃，否则容易露出马脚'。"

"哦……原来是这样……"

"只要让沙都子女士以亚希女士的身份用餐，让亚希女士以沙都子女士的身份出现，警方就会认定沙都子女士是下午6点结束用餐，五小时后遇害，也就是死于晚上11点左右，而亚希女士则是晚上9点结束用餐，餐后两小时遇害，同样死于晚上11点左右。中石先生就这样拥有了'一人不可能在不同地点同时犯下两起命案'的不在场证明。

"此外，为了巩固'死亡时间为晚上11点左右'的假象，他还刻意在晚上11点多制造机会，让人在亚希女士的住处附近目击到自己。"

"那在沙都子家附近被目击到的那个中石呢？"

"是乔装打扮过的沙都子女士本人。您说中石先生个子不高，而沙都子女士身高直逼一米七，在女性中算是个子比较高的，身材也很修长，所以她是有可能把自己伪装成中石先生的。"

原来被害者在案子里还扮演了同伙的角色。难怪我们在中石周边摸排了半天，却无论如何都找不到疑似同伙的人。

"可中石是用什么借口说服沙都子伪装成自己的呢？"

"比方说，他可以编出这样一套借口——'万一警方怀疑你假扮亚希，你就骗他们说，亚希在'马赛亭'吃饭的时候，你在家里私会情人。为了增加谎言的可信度，我需要你女扮男装，在11点多走出家门，而且还要让住对面的考生目击到这一幕，让他误以为自己看到的是你那个匆匆离开的情人。让警方误以为你另有相好，还能掩饰我们的共犯关系。'"

原来是这样，制造私会情人的假象……中石这人好像是个万人迷，魅力这么大，让沙都子接受这样的安排恐怕也不是难事。

"那就让我们重新梳理一下这起案件吧。案发当天，亚希女士在家里把自己伪装成了沙都子女士。换上素净的妆容，连发型都模仿得一模一样。至于服饰，我认为中石先生很有可能准备了两身符合沙都子女士喜好的衣服——也就是棕色的连衣裙。他让亚希女士穿了其中一条，另一条稍后再放到沙都子家。

"乔装打扮过的亚希女士来到那野站，在下午5点至6点去车站附近的'和乃时'用餐，然后返回位于东京大田区三木町的家。您刚才说，从那野市连城町到东京大田区的三木町大约需要一个半小时。而从连城町走到那野站需要十分钟左右，所以减去这十分钟，就是那野站直接去东京大田区三木町的时间，大约一小时二十分钟。粗略计算下来，亚希女士到家的时间应该是7点20分刚过。然后她脱下棕色连身裙，换上家居服，也卸了模仿沙都子女士的妆。

"就在这时，中石先生来了。他肯定跟亚希女士核实过她有没有如约伪装成沙都子女士去餐厅用餐。为了判断计划是否进展顺利，这个核实的环节必不可少。您说亚希女士的母亲是8点不到给女儿的手机打了电话。据我猜测，亚希女士当时应该是刚回家不久。接听电话时显得焦躁不安，恐怕是因为她刚完成'假扮沙都子女士，为中石先生伪造不在场证明'的任务，所以心中有愧——尽管中石先生告诉她的计划是假的。她当然不知道沙都子女士将假扮自己前往'马赛亭'用餐，所以才跟母亲点了洛林乳蛋饼这道菜。

"然后在晚上8点左右，中石先生杀害了没对他起一丝疑心的亚希女士。接着，他将符合亚希女士穿衣风格的衣物——黑色毛衣和绿色格纹紧身裙胡乱摊在床上，营造出她外出归来后，把衣服脱下并放在床上的假象。他在亚希女士家一直待到11点左右，然后在11点多来到公寓门口，'差点儿'跟一个深夜归来的上班族迎头撞上，特意说了一句'不好意思'，好让对方记住自己。

"再看沙都子女士那边。她同样在家中把自己伪装成了亚希女士。换上浓艳的妆容，发型也弄成跟亚希女士完全一样的。而她穿在身上的衣服，和中石先生杀害亚希女士后留在床上的毛衣和紧身裙是同款。

"完成伪装后，沙都子女士来到东京大田区的三木町，晚上8点至9点在'马赛亭'用餐，然后回到了位于那野市连城町的家。她到家的时间应该是10点半左右。回家后，她脱下了毛衣和紧身裙，也卸了模仿亚希女士的妆。

"接着，她换上男装，戴上眼镜和口罩，把帽檐拉得很低，在11点多跑去自家院门口弄出很大的动静，引起住在对面的考生的注意，以便让考生目击到自己'匆忙离开'的那一幕。不久后她再偷偷溜回家里，脱下男装，换上家居服。

"过了一阵子，中石先生来了。他在午夜2点左右杀害了毫无戒心的沙都子女士，把同款棕色连身裙搭在沙发背上，制造出'外出归来的沙都子女士脱下连衣裙，换上家居服'的假象。

"如此一来，警方就会误以为沙都子女士下午5点至6点在'和乃时'用餐，而她又是在进食五小时后遇害的，所以推测出来的死亡时间就成了晚上11点左右。同理，警方误以为亚希女士案发当晚8点至9点身在'马赛亭'，又在进食两小时后遇害，所以推测出来的死亡时间也是晚上11点左右。而且有两位目击证人分别在11点多看到了离开沙都子女士家和亚希女士家的可疑人影，这也巩固了'被害者死于晚上11点前后'这一假象。中石先生就这样获得了二律背反的不在场证明。

"中石先生做的手脚不仅于此。他回收了两位被害者的用餐小票，在'和乃时'的小票上留下沙都子女士的指纹，塞进她的钱包，又在'马赛亭'的小票上留下亚希女士的指纹，同样塞进她的钱包。如此一来，警方发现小票后必然会去两家餐厅核实被害者的行动轨迹，进而误以为'沙都子女士'的用餐时间是下午5点到

6点，而‘亚希女士’的用餐时间是晚上8点到9点。"

原来那两张小票是用来误导警方的啊……

"顺便一提，我认为中石先生很有可能让两位被害者提前在指尖涂抹了胶水，这样她们在各自的餐厅领取小票时就不会粘上指纹了。否则后期对调小票时很容易出问题。中石先生大概是这么跟她们说的：‘我要让警方误以为小票是她自己拿回家的，要是上面有你的指纹就解释不清楚了。’从某种意义上讲，这个借口倒是真的，只是两名被害者都没有想到，中石先生竟然让她们互换身份，当了对方的替身。"

"沙都子和亚希都被中石骗得团团转……"

"他不仅用谎言欺骗了两位女士，让她们做了自己的帮凶，最后还残忍地夺走了她们的生命，真是太可恶了。"

时乃如此说道，平静如常的语气分明透着几分怒意。要是哪天不小心把她惹恼了，后果怕是不堪设想啊。

"谢谢你！这下我们就能逮捕中石了。"

我正要支付五千日元，时乃却说："本店的规矩是事成付款，等警方确定可以推翻中石先生的不在场证明以后再说吧。"好一位诚信耿直的钟表匠。

"等我的好消息！"

我喝完茶杯里剩下的茶水，起身告辞。时乃微笑着向我挥手告别。

　　　　　　　　　　　　✳

　　听完我的（其实是时乃的）推理后，那野县警局搜查总部立即
联系了警视厅，两边分头核实。

　　那野县警局的同事们准备了两张照片给"和乃时"的服务员进
行辨认：一张是沙都子的，一张是亚希的，但后者用软件编辑过，
妆容偏素净。结果服务员回答，11月4日下午5点到6点来店里用餐
的女顾客更像后一张照片里的人。警视厅方面也找"马赛亭"的服
务员核实过了，说案发当天前去用餐的女顾客更像"浓妆艳抹版"
的沙都子。

　　中石的不在场证明轰然倒塌。被逮捕归案后，他对犯罪事实供
认不讳。一切正如时乃所料，这令我再一次被她的推理能力折服。
动机也被她说中了——沙都子和亚希都被中石当成了累赘。鉴于两
人体格相似，中石便想出了让她们互为替身，为自己制造不在场证
明的计划。他骗沙都子说，"我是想回到你身边的，只怪亚希死缠
烂打"，又骗亚希说，"只要除掉沙都子，我就能跟你结婚了"，
用花言巧语说服两人做他的帮凶，将她们玩弄于股掌之中。

　　而且，沙都子和亚希分别住在那野县和东京都，这一点也对中
石十分有利。如果这两起案件由同一个部门侦办，警方也许会立刻
想到"两名被害者互换身份"的可能性。可要是两起案件分别由不
同的侦查部门负责（而且这两个部门还是那野县警局和东京的警视

厅，平时就势同水火），两边一定会针锋相对，铆足了劲儿夯实中石在自家负责的案件中的嫌疑。中石认为，警方在这种状态下不太可能想到被害者调换过身份。这样的点子也只有擅长揣摩人心的广告专家才想得出来。然而他机关算尽，还是没算到存在时乃这位不属于任何一方、立场中立的名侦探。

　　我前往"美谷钟表店"报喜，支付了五千日元的委托费，然后重新提了一个日子，约时乃共进晚餐。时乃回答："我很期待那一天的到来。"要是她能像期待我登门委托她推翻不在场证明那样期待这顿饭就好了，我在心里默默想着。

第五话

被砸碎的雕塑

夏休みのアリバイ

1

我正对着一张铺着白色桌布的餐桌，正襟危坐。桌对面摆着另一把椅子，但还没有人来。

我死死盯着门口，看了又看。总觉得侍者忍不住想笑，但也许是我多心了。

低头看表，离7点还有五分钟。其实我进餐厅也不过两三分钟而已，却仿佛已经等待了半个多小时。

这里是那野站跟前的俄式餐厅"彼得罗夫"。那野县还从没有过俄式餐厅，所以它一开业就火遍了全城。放眼望去，店里几乎座无虚席。

6点58分，店门开了，走进来一位身穿米色大衣的娇小女士，正是美谷时乃。我顿时心头一喜。

她跟上前招呼的侍者说明情况，在他的带领下走来我这桌，笑吟吟地道了一句"晚上好"。侍者接过她的外套走远后，她环顾四周说道：

"好棒的餐厅呀，多谢款待！"

"9月那次，你帮我推翻了两次不在场证明，却只收了一次的费用，我早就想谢谢你了。"

"推翻不在场证明向来都是事成付款的，破解失败了当然不能收钱。而且该道谢的是我呀，多谢你经常光顾我家的钟表店。"

可惜我之所以"经常光顾"那里，是因为那野县警局搜查一课没人能推翻嫌疑人不在场证明，所以这番感谢我听着很不是滋味。

由于我没吃过俄罗斯菜，都不知道该点什么，就干脆点了套餐。最先上桌的是俄式开胃菜拼盘"扎库斯卡（zakuska）"。"这是盐渍鲱鱼，那是俄式腌黄瓜……"侍者跟我们一一讲解。

"都是我从没吃过的东西啊！"

时乃两眼放光。我暗暗庆幸，这家店真是没选错。

我们品尝了各式小菜，时不时穿插几句点评。每一款都有十足的异国风情，尝着很是新鲜，也非常美味。

"话说，你破解不在场证明的能力，是通过爷爷出的练习题培养出来的吧？"

我想起了去年12月听说的那段祖孙往事。

"嗯。"

"那你第一次挑战现实生活中的不在场证明是什么时候的事啊？"

"是高二那年的暑假。"

高二就能破案了？天哪……我回想起上高二时的自己，不禁呆若木鸡。

"是什么样的案件啊？能讲给我听听吗？"这句话脱口而出后，我连忙补充道，"如果涉及委托人的秘密，不方便透露的话，那也没关系的。"

我曾听时乃提起过，她爷爷当年耳提面命，叮嘱她绝不能向他人透露委托的细节。

"不，没有委托人，就是学校里出了点儿事，我自己试着推理了一下。"

"学校里出了点儿事？什么事啊？"

"美术社成员制作的石膏像被人用锤子砸碎了。"

那还真是怪吓人的。

"既然你当时试着破解过不在场证明，那就说明大家肯定是有怀疑对象的吧？"

"嗯，差不多吧。不过那个人有牢不可摧的不在场证明。"

"如果你不介意的话，可以说给我听听吗？"

时乃莞尔一笑，徐徐道来。

2

窗外蝉鸣声声。室内的老旧空调呼呼作响。

"漆原学姐怎么还没来啊……"高二的远藤大介嘟囔道。

"她平时都是来得最早的。"时乃也附和道。

"那可不，学姐平时都要求我们提前十分钟集合的。"高一的河本日奈说道。

墙上的挂钟指向12点57分。

这里是那野高中二号楼二层的茶室。时乃参加的茶道社每周二都在这里举办社团活动，暑假期间也不例外。

"不好意思，我来迟了！"漆原玲子终于现身，"麻烦时乃先去烧壶水吧！"

时乃奉命走去隔壁的准备室，打开水槽的水龙头，往水壶里灌水。灌到跟平时用量差不多的水位，便把水壶提去茶室，放在地炉的电热器上。

"糟糕！"就在这时，漆原学姐一声惊呼，"瞧我这脑子，自行车都没锁……我去锁一下车，等我一小会儿行吗？不好意思呀。"

说完，她便离开了茶室。

"漆原学姐居然也会丢三落四啊。"远藤大介如此感叹。

"还真是……"时乃点头说道。

在同学们的心目中，漆原玲子就是"完美"的代名词——端庄秀丽，成绩优异。这样一个人，居然也会忘记锁自行车？

"话说回来，漆原学姐最近好像是有点儿心事。"

远藤忽然想起了什么。

"啊？什么心事？"

河本日奈饶有兴致地问道。

"具体的我也不太清楚，反正她最近经常露出很严肃的表情，像是在苦思冥想些什么。"

"是不是因为快要高考了啊？"

她毕竟才上高一，语气很是随意。

"学姐成绩那么好，哪里用得着担心高考啊。听说她在全国模拟考中拿过第一呢。"

"那就是为情所困啦？"

"搞不好还真是。学姐不是在跟美术社的桐山学长交往嘛，听说他们之间最近出了点儿问题……"

美术社的高三学生桐山周是学校里无人不知、无人不晓的风云人物，在面向高中生的雕塑比赛中拿过好几次金奖。

"他俩还能有问题啊？明明很般配哎。"

"都有人撞见他们吵架了。"

"远藤，你说的都被漆原学姐听见了。"

时乃指着房门口说道。

远藤脸色一僵："啥！？"

时乃忙道："开玩笑的啦。"

"好险……"远藤虚惊一场，瘫坐在地。河本日奈哈哈大笑。

漆原玲子回来的时候，壶里的水恰好烧开。她稍微出了点儿汗，大概是因为跑了一路。

"抱歉抱歉，让大家久等了。我就怕自行车被人偷了，还好没事。大概是被热糊涂了，连车都忘了锁……好了好了，开始吧。"

漆原学姐显得有些紧张。她这是怎么了？——时乃略感疑惑，但又觉得可能是自己多心了。

轮流点茶后，漆原学姐对学弟学妹的动作做了简单的点评。然后大家便开始收拾东西。

谁知茶室里的广播扬声器突然响起。

"校内同学请注意。请全体同学立即去体育馆集合。重复一遍，请全体同学……"

"出什么事了？"远藤一脸莫名。

"不会是有坏人闯进来了吧？"河本日奈好不兴奋。

"要真是这样，广播里肯定会说的，万一被坏人袭击了怎么办。"

漆原学姐抬头看了看扬声器，随即环视在场的学弟学妹说道："我们也过去吧。"她的脸色略显苍白。时乃本想问一句"没事吧"，可话还没出口，学姐就转身迈开了步子。

在校学生相继来到体育馆。棒球队、田径队的队员们都还穿着队服，肯定是因为来不及换衣服。最终，百余名学生齐聚一堂。

片刻后，教导主任走上讲台。他环视在场的学生，清了清嗓子说道：

　　"各位同学，很抱歉打扰了大家的社团活动。刚才校内发生了一件事，我想问问大家是否知情。"

　　学生们仰望着教导主任，大气不敢出一下。

　　"就在刚才，我们发现美术社成员制作的雕塑被人用锤子砸成了碎片。肯定是有人趁美术社活动室没人的时候闯了进去。"

　　台下一阵骚动。美术社的活动室是一间预制装配式平房，位于校园的偏远角落。那地方不太有人经过，真要想溜进去，倒也不是难事。

　　"这是毫无疑问的犯罪行为。请肇事者或目击者稍后来一趟教职员办公室。美术社成员已经表态了，只要肇事者主动站出来，他们也不打算把事情闹大。校方也会尊重美术社的意愿。因此，请肇事者务必前来办公室。也请目击者务必不要包庇纵容。因为这样不是在帮他，反而是在害他。请大家一定要认清这一点。今天的社团活动到此为止，大家都回家吧。请肇事者和目击者不要逃避责任。"

❋

　　时乃和同班的美术社成员片濑有里结伴回家。下午3点多，两人在烈日下的住宅区推着自行车，边走边聊。

187

"不好意思啊，其他社团的活动都被我们给搅了。"有里说道。

"你道什么歉呀，要怪也得怪那个砸坏雕塑的人。也真是难为你们了。"

"唉，被砸坏的是桐山学长正在制作的石膏像。"

"啊？是桐山学长的？"

"雕的是一只坐着的狮子，跟猫差不多大，那叫一个栩栩如生啊，感觉下一秒就要动起来了，结果被砸了个粉碎……"

据说从今天上午9点多开始，桐山、有里和另一个低年级学生一直在美术社活动室里忙碌。桐山要参加全国性的高中生雕塑大赛，三天后就要提交作品了，所以他在做最后的润色工作。有里他们则在练习素描。

下午1点，桐山和有里等人离开活动室，去学校食堂吃午饭。桐山在活动室门口挂了密码锁，锁好后才去的食堂。三人有说有笑地吃完午饭，在1点40分回到了活动室。

——咦？

桐山正要打开密码锁，却突然把头一歪。

——怎么了？

——呃，也许是我多心了……可我平时上锁的时候，总是习惯性地按上、上、下的次序把三个拨圈的数字打乱，所以每次基本都会拨出同样的组合。可现在的组合和我平时拨出来的不太一样。看起来就像是别人开过一次门，然后又打乱数字上了锁。

——大概是有其他社员来过了。

——有可能。

三人开门进屋。

——怎么搞的……

桐山不禁呻吟。

三人的视线落在正前方的木制操作台上，那就是桐山制作石膏像的地方。操作台上的石膏像已然化作无数碎片，一把锤子撂在一边。

——我的狮子怎么会变成这样……

被粉碎的石膏像正是桐山的作品。

"能帮我跑一趟办公室通知老师吗？"桐山问有里。

"好！"有里立刻就冲了出去。桐山让另一位美术社成员跟她一起去。于是有里他们便冲向了教职员办公室。

两人带着老师回到美术社活动室的时候，桐山正忙着收集石膏像的碎片，试图把它们拼接起来。但考虑到碎片的数量太多，他的努力恐怕是徒劳的。

"桐山学长好惨啊……"

"是啊，我看着都心疼。要做出一尊石膏像，得先用黏土做出原型，然后刷一层硅胶，等硅胶凝固了再刷一层石膏固定。接着把黏土掏空，就有了模具。最后再把石膏倒进模具里，才能制作出合心意的石膏像。虽说有了模具，就能制作出一样的东西来，但刚做好的石膏像需要晾一阵子，还得想办法去除模具之间的缝隙造成的毛刺，而且桐山学长的作品对狮子的鬃毛做了复杂的刻画，那部分是好几个零件拼接而成的，做起来特别费事，不是坏了就能立马制作出一个新的。参赛作品的提交时限是三天后，我看是来不及了。"

"那他岂不是不能提交作品了？"

"是啊，太可惜了。"

"就不能用胶水把碎片拼回原样吗？"

"要是只裂成了两三块，倒还可以修复，可学长的石膏像被砸得粉碎，根本没法修复啊。"

"肇事者是不是想阻止学长参赛啊？"

"有可能。也许是有人眼红桐山学长的名气。"

桐山周是全校师生都认识的名人，看来名人也有名人的不容易。

"对了，你们活动室是挂了密码锁的吧？密码应该只有美术社的人才知道吧？那肇事者是怎么打开的呢？"

"我们用的密码锁是只有三位数的那种。假设拨出一组数字需要五秒的话，就算一个个试一遍，最多也只需要一小时二十三分钟左右。当然啦，一直站在门口试密码肯定很惹眼，但他可以多来试几次，每次只待一小会儿，总能把密码试出来的。我觉得那个人就是用这种方法打开了密码锁。"

"为了闯进活动室砸碎石膏像下了这么大的功夫，这是有多大的仇啊……"

❇

一周过去，茶道社迎来了又一个活动日。时乃照常参加，与漆原玲子、远藤大介和河本日奈一起点茶。

漆原玲子的情绪略显低落。上周是紧张，这周是沮丧……学姐到底是怎么了？时乃觉得莫名奇妙。

点完茶，收拾完东西以后，时乃走向自行车棚，巧遇了刚结束美术社活动的有里。于是两人再次结伴回家，推着自行车边走边聊。

"桐山学长最后还是没能参赛吗？"

"嗯……虽说模具还在，能制作出一样的底子，可是离提交作品的时限只有三天了，怎么赶都来不及。"

"碎得那么厉害，想拼回原样确实是有点儿难啊。"

"我们数了数，总共有一百多片呢。美术老师都说，要把狮子像那么大的石膏像砸成那样，至少也需要五分钟。"

"砸了整整五分钟啊……"

那人竟然用锤子砸了五分钟那么久，这也太疯狂了。他对桐山学长的仇恨和嫉妒真有那么深吗？

"放石膏像的操作台上都有不少被锤子砸出来的凹陷和划痕，看着都教人发毛，我们正商量着要不要换个新的呢。"

"那些碎片是怎么处理的呀？"

"都小心存放在活动室里，但也没什么用处了。"

"桐山学长肯定郁闷死了……"

"毕竟他为这场比赛付出了很多心血啊。不过他好像想通了，已经在设计新的作品了，说是准备参加明年年初的另一场比赛，为高中生活画上圆满的句号。"

"学长可真厉害。要是我碰上这种事，大概得消沉个小半年。"

有里一边推着自行车，一边偷瞄时乃。就在时乃纳闷儿的时候，她略带迟疑地问道：

"高三的漆原玲子学姐是你们茶道社的吧？"

"人家是社长啦。"

"每次社团活动她都来吗？"

"嗯，学姐指导得可认真了！"

"上周也来了？"

"来了啊。"

"……我问个有点儿奇怪的问题，漆原学姐那天有没有中途离席啊？"

"她确实出去过一趟，说是忘了锁自行车。"

有里沉默片刻，才鼓起勇气说道：

"实话告诉你，出事那天下午1点多，有人在美术社活动室附近看见漆原学姐了。"

"……在美术社活动室附近？"

美术社活动室跟自行车棚明明是两个方向。一个去锁车的人怎么会出现在美术社活动室附近呢？

"是谁看到学姐的啊？"

"我们班的一个女生。是这样的，那天她来学校参加网球队的训练，她男朋友也是网球队的。美术社活动室那边不是没什么人去的嘛，所以他们在那儿谈分手呢。结果谈着谈着，就看到一个很像漆原学姐的人影朝美术社活动室那边去了。而且她还说，那人几乎是一路跑过去的。"

"那个女生认识漆原学姐啊？"

"学姐的名气也不小啊！有桐山学长这样的男朋友，又是标准的冰山美人，成绩还总是名列前茅。"

也是哦……时乃心想。好多高一、高二的学妹都很崇拜漆原学姐。

"那个女生还说，当时学姐好像露出了很苦恼的表情。"

听到这里，时乃便想起来了：学姐回茶室的时候似乎有些紧张。听到召集在校学生的广播时，她的脸色也略显苍白。

远藤大介的话在脑海中回响。

"漆原学姐最近好像是有点儿心事。"

"学姐不是在跟美术社的桐山学长交往嘛，听说他们最近出了点儿问题。"

难道是漆原学姐被桐山学长甩了，气得偷偷溜进美术社活动室，砸烂石膏像泄愤……?

见时乃脸色一变，有里连忙道歉：

"抱歉抱歉，我就不该问这些奇奇怪怪的……不过你刚才想到的，我们美术社的也想到了……"

"……漆原学姐才不会做那种事呢！"

时乃嘴上这么说，心中却仍有一丝怀疑。

事发当天，漆原学姐确实以"忘记锁车"为由离开过茶室一小会儿，而这个理由一点儿都不符合她的行事风格。也许她真去了美术社活动室，而不是车棚。

不过想到这里，时乃忽然察觉到了一个问题。

"……但漆原学姐是有不在场证明的！"

"不在场证明？"

有里眨巴着眼睛反问。

"我刚把水壶放在电热器上，漆原学姐就出去了。而学姐回来的时候，水刚好烧开。水壶里的水跟平时一样多。这个季节，烧开一壶水大约需要六分钟，所以漆原学姐离开茶室的时间也是六分钟左右。

"可你刚才告诉我，石膏像被砸成了一百多块碎片，至少需要五分钟才能砸成那样。在茶室和美术社活动室之间走一个来回，哪怕用跑的，本身也要花个五分钟。漆原学姐也许能利用离开茶室的六分钟去一趟美术社活动室，但她没有足够的时间砸石膏像。她是有不在场证明的。"

"听你这么一分析……好像还真是。"

"你要是不相信这个季节烧开一壶水需要六分钟，我改天实际演示给你看好了。"

"你说的我当然信啊。你说你刚把水壶放在电热器上，漆原学姐就出去了，回来的时候水刚好烧开，这我也信。"

"谢谢你。"

"可确实有人在美术社活动室附近看到了神似漆原学姐的人影啊！"

"我觉得，漆原学姐去那边肯定是有原因的……"

就算漆原玲子真的去过美术社活动室附近，她总共也只离开了六分钟左右，不可能有时间砸烂桐山学长的石膏像。

然而，时乃无论如何都无法抹去心底的忧虑。

3

见时乃推门进屋，在"美谷钟表店"修理钟表的爷爷说了句

"回家啦"。时乃应道："回来了。"

"冰箱里有蕨菜饼，要不要吃点儿？"

换作平时，时乃肯定会兴高采烈地来上几块，但她现在全无胃口。"谢谢爷爷，可我今天不太想吃。"说完，她便上楼去了自己的房间。虽然随手开了空调，却打不起精神换衣服，就这么穿着校服躺在榻榻米上。

回家路上听有里说的那些事还在脑海中挥之不去。有人在美术社活动室附近看到了漆原学姐……真是学姐砸碎了石膏像吗？

学姐离开茶室的时间不过六分钟左右。在茶室和美术社活动室之间跑一个来回也要五分钟，那就只剩下一分钟可用了。可学姐又不可能在短短一分钟里将石膏像砸得粉碎。她是有不在场证明的。

不过，时乃上小学的时候就跟着爷爷学习起了破解不在场证明的技巧，所以她知道不在场证明是可以伪造的。她不能因为有不在场证明的是学姐，就断定那个不在场证明不是伪造出来的。

漆原学姐外表高冷，但为人热心，对学弟、学妹也很关照，所以时乃很喜欢她。无论事件背后有怎样的苦衷，她都不愿意相信这位学姐会砸坏桐山学长倾注心血制作的石膏像。

心头的迷雾该如何驱散？

时乃心想，只能先假设学姐的不在场证明是伪造的，试着破解一下。如果推翻不了，那就说明学姐不是砸坏石膏像的人，到时候就能彻底放心了。

上小学的时候，爷爷经不住时乃的百般央求，终于同意传授她破解不在场证明的本领。在这十年里，爷爷给她出过各种各样的不在场证明练习题。时乃一天天长大，升上初中，又念了高中，而爷爷出的题也越发复杂了，难度渐渐上升。不过这还是她第一次挑战现实生活中的不在场证明。

点茶的时候需要摘下手表，以免碰坏茶具。所以查看时间的唯一方法就是看挂在茶室墙上的时钟。如果学姐伪造了不在场证明，那她肯定利用了这一点。那么……她是如何伪造的呢？

最容易想到的一种可能性就是"让其他人误判时间"。漆原学姐中途离席了六分钟，这点儿时间不够她去一趟美术社活动室再回来，外加把石膏像砸成一百多块碎片。因此，学姐不可能利用那段时间搞破坏。石膏像被毁的时间肯定还要更早一些。

学姐现身茶室的时候，墙上的时钟指向12点57分。只能假设她当时已经把石膏像砸坏了。但石膏像实际被毁的时间是下午1点以后，因为桐山和有里他们是1点离开美术社活动室的。也许茶室里的钟被调慢了十分多钟，学姐现身茶室的实际时间是1点10分左右？

可这种方法真能行得通吗？下午1点开始点茶是漆原学姐定下的规矩。为避免迟到，时乃和其他人去茶室之前都会反复抬手看表。要是走进茶室抬头一看，发现墙上的钟晚了十多分钟，照理说立即就会注意到，可当天没有一个人察觉到异样。钟被调慢的可能性微乎其微。

那还有别的办法吗?

水壶里的水跟平时一样多。在这个季节,烧开这样一壶水需要六分钟——会不会是这个前提本身有错?会不会是学姐用某种方法拉长了煮沸一壶水所需要的时间?

时乃忽然想起了化学课上学过的一种现象,"沸点升高"。当水中含有非挥发性物质(比如盐或糖)时,沸点就会升高,导致沸腾所需的时间比纯水更长。

如果有人提前往水壶里撒了些盐或糖呢?一旦开始灌水,盐或糖就会溶于水中。于是在加热过程中,就会出现沸点升高现象,比纯水沸腾得更慢。而抹茶的苦味可以掩盖咸味和甜味。

也许漆原学姐离开茶室的时间不止六分钟……

但时乃在调查中发现,即便能通过添加大量的盐或糖提高沸点,沸腾所需的时间也延长不了多少。而且大量的调味料带来的变化很难用抹茶的苦味来掩盖。

这条路也走不通。

还有什么方法呢?

❋

时乃回过神来才发现,已经是下午5点多了。

美谷家的规矩是爷爷和时乃轮流做晚饭。今天轮到时乃掌勺。是时候出门买菜了。

直到此时，时乃才意识到自己还穿着校服。她换了一条无袖连衣裙，下到一楼。一放学就一声不吭上了二楼，爷爷肯定很担心，我真是太不懂事了……时乃很是过意不去，便去店里瞧了瞧。

只见爷爷右眼戴着放大镜，正忙着在柜台后修理钟表。这一幕光景让时乃惊愕地发现，爷爷好像比以前苍老了许多。

时乃小时候总是在钟表店的角落里玩耍。穿着工作服的爷爷就在一旁修理钟表、接待顾客，有时也帮委托人破解不在场证明。在儿时的时乃眼里，爷爷是那样高大。可不知不觉中，岁月攀上了他的鬓角，整个人好像都小了一圈。

爷爷放下手头的活儿，抬头摘下放大镜，看着时乃微笑道：

"怎么闷闷不乐的呀？有什么烦恼尽管跟爷爷说。"

爷爷的一句话，便让时乃的泪水夺眶而出。

"哎呀，好久没见我们时乃掉眼泪了。爷爷去给你泡杯茶，吃点蕨菜饼吧。"

"可晚饭还没做……"

"今晚干脆去'南京饭店'吃吧。"

"南京饭店"是鲤川商店街的一家中餐厅，时乃特别爱吃他们家的菜。

"谢谢爷爷。"

爷爷起身走向冰箱，取出蕨菜饼，倒进两个玻璃碗，再撒上黄豆粉，分别放在自己和时乃面前。然后又泡了一壶煎茶端过来。

香甜嫩滑的冰镇蕨菜饼与美味的煎茶一点点平复了时乃的心绪。

"有什么烦心事呀，说给爷爷听听？"

爷爷用平静的声音问道。踌躇片刻后，时乃道出了学校里发生的种种。

"……所以我想试一试，看看能不能推翻漆原学姐的不在场证明。如果推翻不了，我就可以确定搞破坏的不是漆原学姐了。"

"那你经过尝试，得出了怎样的结果呢？"

时乃跟爷爷分享了推理的结果。

"既然不在场证明没有被推翻，那你现在可以确信这件事不是学姐干的了？"

"不……我还是不敢确信。我总觉得这个不在场证明无法被推翻，只是因为自己的功夫还不到家……"

说到这里，时乃下定决心。

"爷爷，能不能帮我一个忙？能不能帮我想想看，漆原学姐的不在场证明有没有办法被破解？"

"我还是头一回接到孙女的委托呢。"

"我会按规矩付钱的！"

爷爷笑道：

"哪能收你的钱呀。好吧，那爷爷就来挑战一下。"

"谢谢爷爷！要是连您都推翻不了，我就敢确定漆原学姐的不在场证明是真的了。"

"你可太瞧得起我这把老骨头喽。"

"就是这样的嘛。"

"再跟爷爷说一遍事情的来龙去脉吧，这一次要尽可能详细些。"

听完时乃的叙述，爷爷沉思了几分钟。最终，他好像下了某种决心，默默点头，然后说出了那句经典台词：

"时针归位——肇事者的不在场证明已经土崩瓦解了。"

4

不在场证明被推翻了……时乃顿感天旋地转。真是漆原学姐干的啊……

"漆原学姐只有六分钟的时间，她是如何在茶室和美术社活动室之间跑一个来回，外加砸坏那尊石膏像呢？"

"毁坏石膏像的并不是那位漆原同学。"

"啊？可您刚才不是说，'肇事者的不在场证明'已经被推翻了吗……"

"我确实是那么说的，但没有说那个人就是漆原同学。"

"啊？"

"我觉得，桐山同学发现石膏像被毁之后的反应有些不对劲。"

"哪里不对劲啊？"

"你刚才说，桐山同学让你的朋友'跑一趟办公室通知老师'，还让美术社的另一位同学'跟她一起去'。"

"嗯。"

"不过是通知老师而已，有你的朋友去就足够了，不是吗？何必要让另一个美术社的同学跟她一起去呢？"

"这么说起来，好像还真是。"

"听起来就像是桐山同学想创造独处的机会。"

"想创造独处的机会……"

"就好像……他想赶在学妹他们带老师过来之前，利用独处的机会做点儿什么。"

"您是在怀疑桐山学长吗？可学长也有不在场证明啊。石膏像是1点到1点40分被毁的，当时他和有里他们在学校食堂吃午饭。"

"没错。"

"您说学长想利用独处的机会做点儿什么……那他想做的到底是什么啊？"

"这个我们稍后再议。我觉得案发现场也隐藏着疑点——毁坏石膏像的人为什么要把锤子留下？"

"这有什么问题吗？"

"因为留在现场的这把锤子很有可能成为锁定肇事者的线索。肇事者应该会把指纹擦掉，可万一没擦干净呢？也许他认定这只是一起发生在校园里的故意毁坏财物事件，不会走到比对指纹的那一步，但谁能保证校方不会深入调查呢？'带走'显然比'留下'保险得多。再说了，如果这把锤子是肇事者本来就有的，搞不好会被人认出来。如果肇事者是为了砸坏石膏像专门买了这把锤子，调查此事的人也许能查明锤子的销售点，然后顺藤摸瓜揪出购买锤子的人。留下锤子的坏处那么多，肇事者为什么还要铤而走险呢？"

"这么说起来，确实是不太对劲。为什么不带走呢？"

"将这个谜团与'桐山同学似乎想利用独处的机会做点儿什么'这一点结合起来，便能得出这样一个假设——桐山同学可能是想利用独处的机会使用那把锤子。而锤子是肇事者留下的，那就意味着'肇事者想让桐山同学利用独处的机会使用那把锤子'。"

"用锤子做什么啊？"

"桐山同学和学妹他们回到美术社活动室的时候，石膏像已经碎了一地。所以使用锤子的对象并不是石膏像。"

"那是什么？"

"除了石膏像，还有什么东西被锤子砸过呀？"

时乃回忆片刻。

"放石膏像的操作台？"

"没错。你的那位朋友说，'放石膏像的操作台上都有不少被锤子砸出来的凹陷和划痕'。既然是这样，那我们就可以假设，桐山同学是想利用独处的机会，用锤子在操作台上弄出凹陷和划痕。"

"学长为什么要做这种事啊？往操作台上添加几处凹陷和划痕又有什么用呢？"

"不是'添加'，而是从无到有地'制造'。操作台上原本并没有凹陷与划痕，是他后来用锤子制造出来的。"

"啊？这怎么可能呢！石膏像是在操作台上被砸坏的，那个时候操作台上肯定已经有凹陷和划痕了啊。"

"我们不妨假设操作台上原本并没有凹陷与划痕。这意味着什么呢？"

"石膏像不是在操作台上被砸坏的？"

"没错。它是在别处被砸碎的，事后才把碎片转移到了操作台上。"

"可这说不通啊？石膏像明明是放在操作台上的，怎么会在别处被砸碎呢？"

"确实说不通。那就意味着'在别处被砸碎的石膏像'并不是原来放在操作台上的那一尊。"

"不是同一尊……？"

"把石膏倒入模具，凝固后就成了石膏像。所以一个模具理论上可以制作出许多尊一模一样的石膏像。你的朋友说石膏像'不是坏了就能立马制作出一个新的'，因为晾干、去除毛刺、拼接多个部件都需要时间，但提前制作出一尊同样的石膏像是完全可行的。"

"您的意思是……有两尊一模一样的石膏像？"

"对。"

时乃已是满头问号。

"保管模具的就是作者桐山学长，那第二尊石膏像也是他做的吗？"

"没错。在美术社活动室做这件事太容易暴露了，所以他很可能把模具带回了家，做了第二尊石膏像。"

"他为什么要再做一尊啊？"

"为了制造不在场证明。桐山同学事先在别处砸碎了第二尊石膏像，然后让另一个人调包，把完好无损的第一尊转移走。如此一来，大家就会误以为石膏像是刚刚被毁的。只要桐山同学当时身在别处，他就有了不在场证明。而且'砸碎石膏像'比较费时，但'调包'用不了多少时间。这个时间差也能为负责调包的人提供不在场证明。"

时乃摸到了真相的边缘。

"那就让我们重新梳理一下整件事吧。桐山同学把模具带回家，偷偷制作了第二尊石膏像。他用锤子把第二尊砸成碎片，将碎片和锤子装进袋子，带去学校，藏在了美术社活动室的某个地方。
'许多碎片'比'一尊笨重的雕像'灵便得多，袋子是可以压扁的，塞进狭窄的缝隙应该也不是难事。

"当天下午1点，桐山同学和另外两位同学离开美术社活动室，去学校食堂用餐。他们刚走没多久，桐山同学的同伙就来了。同伙取下操作台上的第一尊石膏像，将其混入活动室的其他石膏像之中，然后取出藏在活动室的袋子，把第二尊石膏像的碎片撒在操作台上，随即离开。袋子里的锤子也一并放在操作台上。这个同伙不需要把石膏像砸成碎片，只需要把操作台上的石膏像挪开，再撒上碎片就行了，所以在美术社活动室待上一分钟左右足矣。"

"同伙……"时乃恍然大悟，"是漆原学姐吗？"

"对。漆原同学是桐山同学的女朋友，也有人看见她出现在美术社活动室附近。她是最合适的帮凶人选。你说在茶室和美术社活动室之间跑一个来回大约需要五分钟，加上待在美术社活动室的那一分钟就是六分钟，与漆原同学离开茶室的时间完全吻合。"

"对哦……"

"第二尊石膏像的碎片就这样散落在操作台上。1点40分，美术社一行人从食堂回到活动室。桐山同学'发现'了散落在操作台上的碎片，派学妹他们去办公室通知老师。

"然后，他赶在学妹他们把老师带来之前，用锤子敲打操作台，制造凹陷与划痕，假装石膏像就是在操作台上被砸碎的。冒着风险把锤子留在活动室，就是为了利用这个空当敲打操作台，制造凹陷和划痕。

"学妹他们被石膏像支离破碎的景象吓得不轻，肯定不会去关注'发现'石膏像被毁的时候操作台上有没有凹陷与划痕，也不会意识到那些痕迹是事后制造出来的。

"你刚才说，石膏像的碎片都小心存放在活动室里。那其实是第二尊石膏像的碎片，没有做润色处理。万一有人仔细检查，就有可能发现它不是为比赛做的第一尊。所以据我猜测，桐山同学事后应该是把混入活动室石膏像中的第一尊也砸碎了，用第一尊的碎片替换了第二尊的碎片。如此一来，桐山同学的不在场证明才算大功告成。"

爷爷喝了一口茶。

"只要大家认定肇事者是趁美术社成员离开活动室的时候，也就是下午1点到1点40分闯了进来，砸坏了石膏像，桐山同学就有了不在场证明，因为他当时正和学妹他们在学校食堂用餐。而且桐山同学是石膏像的作者，大家根本不会怀疑到他头上，更不会追究他有没有不在场证明。

"而漆原同学的不在场证明同样成立。因为她只离开了茶室六分钟左右，没有时间在美术社活动室把石膏像砸成上百片。她肯定知道你每次都往水壶里灌一样多的水，也知道在这个季节，烧开那样一壶水需要花六分钟。所以你刚把水壶放在电热器上，她就离开了茶室，然后在水烧开时回来，让你牢牢记住'她只离开了六分钟'。"

"啊，原来是这样……"

"石膏像被砸成了一百多片，乍看是肇事者对桐山同学抱有强烈的仇恨和嫉妒，但事实并非如此。在我看来，把石膏像砸得如此之碎的理由有以下三点。

"第一，据说将石膏像砸成一百多块至少需要五分钟，所以这样能为漆原同学提供不在场证明。

"第二，被砸碎的是第二尊石膏像，它不像第一尊那样经过了精心润色。如果只砸成两三块，旁人也许会看出它没有做过润色，不是第一尊。所以才要彻底粉碎，掩盖这尊石膏像没有做过润色的事实。

"第三，砸成一百多块有助于将装有碎片的袋子藏在美术社活动室里。袋子里装的都是细小的碎片，可以自如地调整形状，想塞进狭窄的缝隙也很容易。"

"可桐山学长为什么要砸碎自己的作品呢？"

"听说这位桐山同学在面向高中生的雕塑比赛中拿过好几次金奖，是学校里无人不知无人不晓的风云人物。

"'下次也得拿金奖'的念头肯定对他造成了非常大的压力。如果他认为，自己正在制作的石膏像，也就是要送去参赛的作品还不够好，不足以拿下金奖呢？当然，不到最后一刻，谁也不知道金奖会落入谁的手中。可正因为有这样的不确定性，他才难以甩掉'自己无法得奖'的念头。他考虑再三，最终决定毁掉自己的作品。如此一来，就不必再为'拿不到奖'提心吊胆了。"

"天哪……"

"顺便一提，我认为他之所以把石膏像砸得粉碎，还有第四个理由。如果只砸成两三块，就可以重新粘好，修复如初，旁人搞不好会劝他按原计划参赛。但他无论如何都不想参赛了。碎得一塌糊涂，就不可能再粘好了。

"桐山同学虽然下了决心要毁掉石膏像，但他又怕旁人意识到，他是为了不参加比赛才主动毁掉了作品。为了逃避这种焦虑，他决定为自己伪造不在场证明，让大家误以为他没有毁坏石膏像的机会。而他的女友漆原同学帮助他完成了这个计划。"

"漆原学姐最近好像有心事……她肯定是察觉到了桐山学长的焦虑，在为他担心。"

"应该是的。为了缓解男友的焦虑情绪，漆原同学承担了伪造不在场证明的任务。"

"接下来怎么办啊……"

"就这么藏着掖着可不好。桐山同学和漆原同学都应该向老师坦白自己的所作所为。我会帮着劝劝他们的。"

"可他们要是照实说了，会不会被学校处分、被大家嫌弃啊？"

爷爷却用平和的语气说道：

"要是桐山同学和漆原同学一直守着这个秘密活下去，那该有多痛苦啊。从长远角度看，劝他们趁现在道出实情才是为了他们好。"

时乃点头应道："也是。"

5

"……后来，爷爷专门去了一趟我们高中的美术社活动室，若无其事地让桐山学长跟漆原学姐一起来一趟'美谷钟表店'。学长吃了一惊，但他大概也猜到自己做的那些事被爷爷看破了，就跟学姐一起来了我们店里。爷爷心平气和地开导了他们。临走时，他们还向爷爷鞠躬道谢了。我还记得他们走的时候，脸上的表情好像都比来时畅快多了。第二天，他们就跟老师老实交代了。听说他们受到了严厉的批评，好在没受到停学处分，也没被开除，之后也顺利毕业了。"

"大家有没有对他们'另眼相看'啊？"

"大多数人对漆原学姐还是比较同情的。桐山学长是我们学校的风云人物，好多人本来就眼红，所以在背后说了不少风凉话。他发自内心地反省了自己的所作所为，但对旁人的指指点点也摆出了坚决的态度。后来还出了一件大事，桐山学长用那个狮子像的模具重新做了一尊石膏像，送去参加了毕业前的最后一场比赛，还拿了金奖呢。"

"那可真是打了一场漂亮的翻身仗。"

"我觉得吧，作者本人看不上的作品，在别人眼里说不定是非常出色的杰作。大概是这一次成功给学长打了一剂强心针，他最终报考了艺术大学，走上了钻研雕塑的道路。漆原学姐也顺利考上了第一志愿的法学院。"

"太好了，这都是你爷爷的功劳。"

"多谢夸奖。我当时也是这么跟爷爷说的。爷爷却说，'那都是他们自己努力挣来的，我不过是稍微提了点儿建议'。那一刻啊，我是真的对爷爷肃然起敬。"

说到这里，时乃面露微笑。

"对了对了，桐山学长和漆原学姐今年结婚了哦！我、美术社的有里、茶道社的远藤和日奈都去喝了喜酒。"

我不禁在脑海中勾勒出一袭宴会礼服的时乃，顿时心如鹿撞。

"我的第一次挑战就这样以失败告终了。只怪自己当年功夫还不到家，对付不了真实案件中的不在场证明。"

我本想接着问"那你第一次成功破解真实案件中的不在场证明是什么时候"，但甜点已经上桌了。侍者端来的是一种叫

"梅多维克"（Medovik）的蜂蜜蛋糕。没时间听她讲述另一起案件了。可今天请她再去别处坐坐吧，人家恐怕也不会点头。我暗下决心，打算等下次约她吃饭的时候再问。

还是先多看两眼津津有味地享用香甜糕点的时乃吧。

读客®
悬疑文库

认准读客读悬疑，本本都是大师级。

专注出版英、美、日、意、法等世界各国各流派的顶尖悬疑作品。

为读者精挑细选，只出版两种作品：
经过时间洗练，经典中的经典；以及口碑爆表、有望成为经典的当代名作。

跟着读客悬疑文库，在大师级的悬疑作品中，
经历惊险反转的脑力激荡，一窥人性的善恶吧。

打开淘宝，扫码进入读客旗舰店，
下一本悬疑更惊奇！